우리
제주
가서
살까요

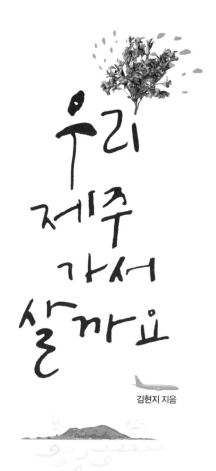

우리
제주
가서
살까요

김현지 지음

달

Contents

하나

제주도에 갔다. 아주 쓸쓸한 바다를 보았고 긴 머리를 한 여자애를 보았다. 부드러운 볕과 많은 바람을 살갗 위로 느꼈다. 긴 버스 여행을 했고 고소한 날고등어와 달콤한 귤을 먹었다. 좋았다. 그 모든 것들이 나에게 웃어주는 것만 같아서. 내가 때때로 쌀쌀맞거나 심술궂은 마음이 들었음에도 불구하고.

'당신이 미소 지으면, 온 세상이 당신을 향해 미소 짓는다.'

그 노래 가사가 사실이라면, 내가 먼저 미소 짓고 있었던 거겠지. 큰 가방을 메고 운동화를 신고 길을 걸을 때마다 세상은 나에게 호의적이었으니까. 나만을 위한 하늘이 드리워지고 나만을 위한 풍경이 펼쳐지는 여행의 마법. 마치 사랑에 빠지던 순간처럼.

반죽

휴가를 내긴 냈는데 일이 많았다. 새벽에 귀가해서 널브러져 자다가, 간신히 일어나 집에서 쓰던 물건을 캐리어에 마구 던져 넣고 출발했다.

김포공항역에서 내린 뒤 무심코 전철을 갈아타고 회사가 있는 디지털미디어시티역에 도착했다. 하마터면 캐리어 끌고 회사 갈 뻔했네. 부랴부랴 공항으로 되돌아갔다. 그 와중에 쉴새없이 회사 일로 전화하고 문자하고 메일까지 보내며, 정신이 수습되지 않는 상태로 캐리어를 끌고 달린다. 이 비행기 놓치면 다음 비행기 타면 되겠지만, 이 표는 만삼천 원 특가표. 아까우니까 달린다.

발권대에 도착한 뒤에야 신분증이 없다는 것을 깨달았다. 지문인식을 시도했지만 일곱 번 실패. 이 기계로 지문을 인식하는 게 원래 가능하기는 한 걸까. 승무원에게 얘기하니 그도 허둥대다 선배 승무원을 부른다. "계속 그러면 어떡하니! 신분 확인 데스크에 가서 시간 급하다고 해야지!" 무서운 선배 승무원과 앳된 후배 승무원과 정신없는 나, 셋이서 나란히 신분 확인 데스크로 달렸다. 우여곡절 끝에 확인을 마치고 허둥지둥 커다란 캐리어 끌어안고 라스트 콜을 받으며 비행기에 오른 뒤, 어쩔 줄 몰라하던 후배 승무원의 달아오른 얼굴을 떠올렸다.

나 때문에 혼났겠네, 나 때문에 하루가 엉망이 되었겠네.

이미 내 기분도 엉망이다.

모든 게 쉽지 않구나.

땅끝까지 가라앉는 느낌이 들 때 작은 원칙들을 세운다. 짐은 최소화하자. 아주 가볍게 다니자. 한 달 이내의 여행이라면 배낭 하나로 다니자. 필요한 말만 하고, 행동도 뭐든지 하나씩 하자. 그런 말들을 노트에 적었다.

말과 몸의 부피를 줄여갈수록 내 인생은 보다 단순해지고, 복잡한 문제는 방망이로 두드린 반죽처럼 얇게 가라앉으리라.

시작

혼자 여행가방을 들고, 삶에 발붙이지 못하는 표정으로 두리번거리는 사람들. 공항에는 늘 그런 사람들이 있다. 들뜬 마음으로 출발했지만, 공항에 도착하면 왠지 나직한 얼굴이 된다. 탑승할 비행기를 바라보는 순간, 표정은 더욱 아련해진다. 여기보다 다른 곳에 진짜 삶이 있을 거라고 믿는 사람들에게, 비행기는 단지 탈것만이 아니라 자신의 삶을 단숨에 낯선 곳으로 이동시키는 통로다. 비행기에 들어갔다 나오기만 하면 새로운 시공간에서의 낯선 삶이 펼쳐질 것이라는 기대, 혹은 벌써 여기의 삶이 그리워지는 듯한 짧은 자기연민. 어떤 사람들은 아마 그런 이유에서 공항을 좋아한다.

지금 여기에서 행복하지 않은 사람은 어디에서도 행복할 수 없다. 언젠가 다른 곳에서 행복할 거라는 꿈은 지금 여기에서 행복하지 않는 한 절대 실현되지 못한다. 말하자면 행복이란 조건이 아니라 단지 오래된 습관, 내재된 능력이다. 나는 알고 있었다. 그럼에도 그때는 행복하지 못했다. 밤 열두시 퇴근길마다 자주 스스로에 대한 동정에 빠졌고, 변덕스러운 연인 앞에서 자주 고통에 저당잡힌 사람처럼 굴었다. 온갖 투정이 싸구려 감상과 함께 밀려들던 그런 밤들. 출구 없는 절망과 목적 없는 적의는 얼마나 인간을 불행하게 하는가. 인생의 해답은 스스로만이 풀 수 있다는 사실을 잊고 있었다.

동네 버스 정류장처럼 소박한 김포공항에서, 여행가방을 옆에 놓고 운동화를 신은 발을 나란히 모아본다. 변방으로 쫓겨나는 듯한 심정으로 짐을 쌌지만, 제주도로 향할수록 마음이 점점 가벼워진다. 그리고 김포공항 못지않게 소박한 제주공항에 도착한다. 항상 100번 버스를 타고 시외버스 터미널로 간 뒤 터미널 안 분식집에서 고기국수를 먹는 일로 여행을 시작한다. 어중간한 비행기 시간 때문에 점심을 챙겨 먹지 못하는 탓이었는데, 이제는 여행의 습관으로 굳어졌다. 테이블도 몇 개 없는 허름한 가게에서 허름한 행색의 사람들이 허겁지겁 국수를 들이켜고 있다. 그 사이에 끼어 아이폰으로 부지런히 행선지를 검색하면서 국수 그릇을 깨끗이 비운다. 고기국수를 다 먹을 때쯤이면 일단 이곳으로 가자, 정도의 번갯불에 콩 구워먹는 계획이 생겨난다.

국숫값 사천 원을 내고, 여행가방을 들고, 일어선다. 그리고 첫번째 행선지로 가는 버스에 오른다.

포춘 쿠키

처음 제주도에 가게 된 건 여권 때문이었다. 귀찮아서 여권 연장을 미루다가 기한이 만료되어버렸고, 더욱 귀찮아서 새 여권을 만들지 않았다. 여름휴가도 없이 고생스럽게 일하던 시절을 지나 쌀쌀해질 즈음 급히 휴가를 받게 되자 여권의 존재가 절실해졌지만 없는 여권을 어찌하리. 어쩔 수 없이 여권 없이 갈 수 있는 유일한 '바다 밖', 제주도에 얼마간 우울한 마음으로 향했다. 그리고 나에게 무슨 일이 있었던가?

아무튼 그후로 틈날 때마다 제주도에 간다. 제주에 다녀온 뒤 곧 다음 제주행 티켓을 결제하고, 다다음 제주행 티켓까지 얼리버드로 사두는 식이다. 회사 일은 도무지 갈수록 어렵기만 하고, 잔뜩 찌그러진 못난이의 마음으로 헉헉대며 귀가할 때 즈음 제주행 티켓을 기억해내면 갑자기 실실 웃음이 난다. 데이트를 앞둔 달뜬 설렘보다는 무거운, '언젠가는'이라며 마음 한 귀퉁이에 품고 있는 야무진 희망보다는 가벼운, 선명하게 손에 잡히는 행복. 현실은 초라하고 주머니는 가볍고 곁에는 아무도 없지만, 푸른 김녕바다 앞에 서면 "행복하다!"라고 소리를 꽥꽥 지르며 방파제 끝까지 뛰어갈 거라는 사실. 다랑쉬오름에 올라 발밑을 굽어보는 순간 저절로 얼굴에 부처 미소를 띨 거라는 사실. 시원한 갈칫국과 자리물회를 볼이 미어터져라 먹을 거라는 사실. 할머니들 틈에 끼어 탄산온천에 몸을 담그면 할머니처럼 '으흐흐흐흐흡' 이상한 소리를 내지르며 눈을 가느스름하게 감을 거라는 사실. 나는 그런 사실들을 미리 알게 되었으니까. 반드시 행복할 거라는 점괘를 뽑으면 기뻐하듯이, 반드시 행복할 제주행 티켓을 뽑아든 나는 일찌감치 기쁘기 시작한다.

그러니까 그 티켓엔 반드시 행복할 거라는 문구가 들어 있어요.

100퍼센트의 확률로 쪼개지는, 나의 특별한 포춘 쿠키.

샐러리맨의 제주도

이리 붙이고 저리 붙여서 휴가를 만들어 제주도에 다녔다. 알량한 며칠간의 휴가를 다 써버리자 어쩔 수 없이 비싼 가격의 주말 티켓을 구입하기 시작했다. 그리고 알게 된 사실은, 비행기 시각이 정해져 있는 금요일에는 이상하게도 꼭 무슨 일이 생긴다는 것이다. 평소의 금요일은 일이 많지 않고, 일이 많더라도 다음주로 미루며 여섯시 정각에 여유 있게 퇴근을 하는데, 제주도에 가는 금요일에는 반드시 무슨 일인가가 생긴다. '비행기 시각에 못 맞추면 어쩌지.' '취소 수수료가 얼마 들지 않으니까 괜찮아, 이참에 비행기값도 아끼고 잘됐지 뭐, 이번 주말에는 느긋하게 집에서 쉬자.' 업무를 하는 와중에서도 쉴새없이 마음속으로 불안과 초조, 그리고 되도록 긍정적으로 생각하려는 내가 서로 싸우며 폭풍우가 몰아친다. '하지만 가고 싶은걸, 가고 싶단 말이다!' 내 진짜 속마음은 사실 이것이니까.

그 와중에 챙겨야 할 업무를 빠뜨리거나 뭔가 실수를 하면 초조함에 자괴감과 괴로움이 더해져 극에 달한다. 마음을 다스리기 위해 '괜찮다 괜찮아, 그럴 수도 있지, 지나고 보면 별일 아니야' 3단 콤보 무한 자기위로를 되뇌고 나면, 어쨌든 퇴근시간 전까지는 모든 일이 일단락되어 있다.

에라, 모르겠다.

천가방에 담은 2박 3일간의 옷 뭉치를 끌어안고 김포공항으로 향한다. 발권을 하고 탑승구에서 비로소 한숨을 돌리는 시간. 항상 칼스버그 맥주와 치즈스틱을 사서, 혼이 빠져나간 얼굴로 마시고 먹기 시작한다.

어떤 사람도 완벽할 순 없다.

나는 완벽하지 않다. 내 인생도 완벽하지 않다.

그리고 완벽하지 않은 것은 어쩌면, 나의 권리다.

이 정도의 만용이 마음속을 가득 채울 때쯤, 비행기가 이륙한다. 샐러리맨이 제주도로 이륙하기에 가장 적합한, 바로 그 시간에.

양보

회사 일을 발로 마구 밀친 뒤 뛰어간 보람도 없이 값싼 비행기를 놓쳐버리고 할 수 없이 비싼 티켓을 구입했는데, 그 비행기가 한 시간 넘게 연착이 되고, 저녁을 못 먹어서 어지러운 와중에 간신히 탑승했더니 사방에서 아이가 울어댄다.

그렇다 해도 나는 괜찮다. 나는 너무 큰 행운을 받았기에, 그렇듯 사소한 불운들은 그냥 웃으며 넘겨버린다. 내가 이 세상의 모든 운을 거머쥘 수는 없지 않은가. 그렇다면 아주 작은 건 기꺼이 양보하겠노라는 마음인 거다. 나의 엄청난 행운에 비하면 그런 불운들은 아주 작은 것들이니까.

나는 비행기에서 내려 따끈한 오뎅 두 개로 금세 즐거워질 것이고, 버스를 타자마자 두근거리는 마음으로 어두운 창밖을 뚫어져라 바라볼 것이고, 단지 운동화를 신었을 뿐인데 어디든 달려갈 수 있을 것만 같아서 운동화의 둥근 고무 앞코처럼 싱긋 웃을 테니까. 그렇게 나의 여행은 시작되었으니까. 이제부터 나는 내가 원하는 대로 살게 될 테니까.

그 여름, 협재는 젊은 우리처럼 뜨거웠다. 밀짚모자를 쓰고 짧은 바지를 입고, 8월 한낮의 녹아내릴 것 같은 태양을 피해 차가운 음료수를 몇 잔이고 마셨다. 해가 지자 휴가지의 축제가 시작됐다. 해변에 울려퍼지는 트로트와 능란한 사회자의 마이크 소리를 배경 삼아 조심스레 물에 발을 디뎠다. 밤의 해수욕장은 아주 좁은 공간에서만 놀 수 있도록 빙 둘러 줄을 쳐놓았다. 우리는 말 잘 듣는 아이들처럼 반바지 자락을 손으로 잡고 폴짝폴짝 걸으면서 밤바다에 발을 적신다. 오렌지맛 환타를 번갈아 한 모금씩 마시며 어둠에 잠기는 바다 끝을 보았다. 그곳엔 모든 게 있었다. 그리움, 한가운데 있는 생, 환타의 맛, 우리는 그런 것을 청춘이라고 불렀다.

제주시 한림읍 협재리, 협재해수욕장

좋아하는 이유

도시에서 사람을 평가하는 기준은 크게 두 가지다. 돈과 외모. 둘 중에 하나라도 있다면 도시에서의 삶이란 그런대로 좋다. 하지만 돈도 외모도 부족한 사람에게 도시는 냉정하다. 도시에는 사람을 단숨에 초라하게 만드는 어떤 순간들이 있다.

시내 중심가를 제외하면, 제주는 건물이 낮고 차가 밀리지 않는다. 문득 고개를 들면 구름 모자를 쓴 한라산, 불타오르는 석양, 끝없이 펼쳐진 수평선과 부드러운 오름의 능선이 보이고, 배낭을 메고 타박타박 걷다보면 불쑥 말을 만난다. 두근거리는 마음으로 곁을 지나가보아도 말은 무심하다.

게스트하우스 손님들을 태우고 낡은 봉고가 좁은 도로를 질주했다. 민요인지 록인지 모를 요상한 노래에 모두가 웃고, 휙 지나가는 노루에 모두가 감탄사를 내뱉고, 오른편 왼편으로 흔드는 세밋대로의 운전에 모두가 소리를 지른다. 차가 잠시 멈추면 밭에서 무를 뽑아 먹는다. 내가 보는 이 풍경이 언제까지 계속될까 생각했다. 아름다운 풍경은 절대로 끝나지 않을 것 같았다. 앞으로도 계속 큰 소리로 노래를 부르며 걷다가 달고 찬 무를 뽑아 먹을 것 같았다. 늙은 후에도 주름투성이 얼굴로 활짝 웃을 것 같았다. 이곳에 있으면, 계속 그렇게 될 것 같았다.

다리 놓기

게스트하우스 사장님과 손님들이 고깃집에 둘러앉아 저녁을 먹는다. 손님은 대부분 중년이다. 모두 가족을, 직장을, 미래를 걱정한다. 사장님이 말한다.

"걱정을 하지 말고 그냥 현재를 살아. 매일 백반만 먹지 말고 맛있는 것도 사 먹고 즐겨. 나이를 먹어도 멋있어 보이고 싶고 연애하고 싶고 특별하게 살고 싶은 건 다 마찬가지야. 단지 남들이 나를 바라보는 시선이 다를 뿐이지. 나는 아무것도 변하지 않았는데 말이야."

나는 변하지 않는다. 여전히 젊고 싶고, 젊게 보이고 싶고, 젊다고 생각한다. 단지 다른 이들이 나를 바라보는 시선이 변할 뿐이다. 그제서야 나는 내가 어떤 강을 건너가고 있음을 깨닫는다. 그 강은 젊음과 늙음 사이에 놓인 강이다.

어떤 사람은 이 강에 다리를 놓는다. 그는 점점 늙어가지만 그 다리를 건너갈 줄 알아서, 청년처럼 노래하고 사랑하고 웃는다. 어떤 사람은 강에 다리를 놓지 못한다. 그는 먼발치에서 발을 구른다. 혹은 신기루를 현실로 착각한다.

뗏목 타고 강을 건너가고 있는 나는, 이제 강에 다리를 하나 놓아야겠다고 마음먹는다. 그 다리는 그런 걸로 이루어져 있다. 낙천적인 마음. 현재를 즐기는 자세. 두근거리는 감정. 맛있는 것을 먹고 기뻐하기. 많이 여행 다니기.

그러니까 이제부터는 활짝 웃고 큰 소리로 노래를 부르고 운동화를 신고 올레길을 걸어야지.

누군가 그런 나를 본다면 말할 것이다.

지금 나는 다리를 놓고 있는 중이라고.

조식

이를테면 유명한 맛집에서 푸짐하게 먹는 것이 있고 또한 그저 빈 테이블에 앉아 소박하기 짝이 없는 음식으로 끼니를 때우는 것이 있다. 미식의 바다와 대척점에 있는, 허기를 면하는 수준의 한끼 식사가 그리운 날이 있다. 처음 가보는 게스트하우스, 여전히 낯선 마음으로 잠을 자고 일어나 대개 토스트나 야채 따위로 구성된 아침 식사를 받아든다. 그리고 가만히 생각해본다. 단지 허기를 면하는 수준의 간결함, 필요 없는 것이 존재하지 않는 상태에 대해, 그것이 손이든 영혼이든 간에. '더이상 필요하지 않아요' 마음속으로 말해보는 문장. 너무 많이 갖고 있으면서도 끊임없이 원하던 순간에 문득 그날의 음식을 꺼내어본다.

제주시 구좌읍 종달리, 수상한 소금밭 게스트하우스

운명

송악산은 아름다운 곳이다. 배추를 수확하는 밭을 지나치고 끊임없이 뭔가를 먹고 있는 말을 지나치고 구불구불한 길을 지나치는 한 시간여가 전혀 지루하지 않다. 섯알오름에 도착하니 4·3 사건 추모비와 구덩이가 보인다. 추모비 뒤 넓은 돌판에 희생자들의 이름과 나이와 출신지를 새겨놓았다. 그 이름과 나이와 출신지를 하나하나 짚는다. 한 사람 죽음의 무게가 나에게는 한갓 그 이름과 나이와 출신지를 슥슥 베끼는 데 들어간 연필심 무게나 될까. 그러니까 최소한 이름과 나이를 하나하나 읽어야 한다. 명월리의 양 모라는 서른 된 사람이, 한림리의 김 모라는 쉰셋 된 사람이, 협재리의 양 모라는 열아홉 된 사람이, 그날 저 구덩이에 몰아넣어져 죽음을 당했다는 사실을, 이름과 나이와 출신지를 짚어가면서 한 명씩. 육십 년이 흐른 뒤에 관광객의 입에서 천천히 불리어지는 이름들.

송악산은 아름다운 곳이다. 나는 또다시 말 곁을 지나치고 멀리 마라도가 내다보이는 바다의 절경을 끼고 나무가 우거진 산길을 지나칠 것이다. 한목숨으로 태어나 희로애락을 누리다가 늙고 병들어 죽는 평범한 운명이 허락되지 않은 사람들이 이곳에서 원통하고 잔혹하게 죽었다. 아마 그 사람들도 송악산과 서귀포 앞바다를 내려다보며 아름답다고 느끼던 순간이 있었겠지. 다시 바다를 본다. 육십 년 후의 나도 똑같은 바다를 보고 있는데, 그들은 없다. 늙은이가 되어, 지겹도록 바다를 보는 운명을, 그들은 갖지 못했다.

알밥 떡볶이

대평리 떡볶이집에서 파전과 떡볶이와 막걸리를 주문했다. 나처럼 혼자 온 여자애가 바로 옆에서 오도카니 라면을 먹고 있기에 무작정 막걸리잔부터 권했다. 그리고 파전과 떡볶이를 나눠 먹었다.

"어차피 저 혼자 다 못 먹어요. 근데 파전도 먹고 싶고 떡볶이도 먹고 싶어서 많이 시킨 거니까 같이 먹어요."

그 말은 사실이었다. 우리는 떡볶이를 다 먹고 서로의 게스트하우스를 구경하고 차를 마셨다. 그는 혼자 여행이 처음이었고, 혼자 여행은 생각보다 너무 좋았으며, 혼자 여행으로 인해 한 끼니의 인연이 생기게 된 것이 기쁘다 했다. 나도 마찬가지였다.

회사에서 매우 괴로운 시간을 보냈던 때가 있었다. 나는 한라봉 같은 두툴두툴한 껍질을 온몸에 두르고 모든 것을 경계하고 불신하였다. 내 일을 도와주는 직원이 새로 왔지만 나는 그를 한번 돌아보지도 아니하였다.

'여기가 학교인가, 자기 한몸은 스스로 알아서 건사해야지.'

내 코가 석 자였고 마음의 여유가 하나도 없었던 나는 그런 말을 중얼거리며 밥 한끼 나누는 일도 거절한 채 매일 혼자 밥을 먹었다. 아직 아무것도 모르고 아는 이 없는 그도 혼자 밥을 먹는 눈치였지만 내 알 바 아니었다. 어느 날 자주 드나들던 식당에서 혼자

알밥을 퍼먹고 있었는데(아무도 나에게 말을 걸지 않고 별나게 바라
보지도 않는 그 지하 식당의 알밥은 힘든 시간의 작은 위안이었다), 역
시 혼자 밥을 먹고 있던 그를 마주쳤다. 나는 인사만 어색하게 하고
다른 테이블에서 밥을 먹으며 끝내 그를 외면했다.

　나도 처음부터 막걸리잔을 권할 수 있는 사람은 아니었다. 단지
알밥의 시간을 건너왔기에 떡볶이의 시간이 있는 것 아닐까, 막연
히 지금은 그렇게 생각할 뿐이다.
　어쨌든 알밥을 따로 먹던 그와는 아직도 잘 지내고 있다. 연락은
거의 하지 않지만, 나는 그를 좋아하고 있으며 그도 아마 그럴 거라
고 생각한다. 이제서야 내가 얼마나 많은 빚을 진 빚쟁이인지를 간
신히 깨닫는 중이니 참 늦되었다. 알밥이든 떡볶이든 내가 불쑥 권
한다면, 아마 그 빚을 갚는 중일 거다.

허세병

난 오래전부터 허세병이 있었던 것 같다. 이건 정말 민망하고 창피한 이야기여서 누구에게도 절대 말하지 않았지만, 철없던 어린 시절이라는 면죄부를 억지로 끌어당겨 슬며시 털어놔본다.

아주 어린 시절, 부모님과 차를 타고 가다가 영어 노래에 대한 이야기가 나왔을 때, 나는 갑자기 불쑥 그렇게 말했던 것이다. "나도 영어 노래 할 줄 알아." 부모님이 오오오 어서 불러보라며 부추기자 나는 노래를 부르기 시작했다. "러브 스쿨 러브 굿모닝 오픈" 사실 영어 문장 하나 제대로 모르던 내가 영어 노래를 알 리 없었다. 단지 나는 영어 노래를 할 수 있다는 허세를 부리고 싶었을 뿐이다. 초등학교 영어 교육이 없을 때여서, 내가 아는 영어라고는 굿모닝 굿바이, 아이 러브 유, 레드 블랙 화이트 수준이었다. 그러나 어찌할까. 나는 이미 영어 노래를 안다고 어이없는 허세를 떨어놓았으며, 부모님은 자랑스러운 눈빛으로 나의 노래를 종용하고 있었고, 그리하여 나는 이미 영어 노래를 시작해버린 것을. "플라워 굿모닝 화이트 노로로 필리스 스쿨 티처 로이머 폴레레레 굿바이" 아는 단어를 다 둘러붙이다 그마저 바닥나자 이상한 음절을 영어처럼 이리저리 끌어와서 듣도 보도 못한 단어를 창조하고, 그 와중에 리듬과 음조까지 탄생시켜야 했으니, 진정 셰익스피어와 모차르트 못지않은 동시통역형 창작의 고통이 몰아쳤다. 지옥 같은 시간을 자존심 하나로 끝까지 넘긴 내게 부모님의 박수가 이어졌고, 그놈의 '영어 노래'

를 겨우 마무리지었다. 사실 나의 부모님은 영어에 익숙한 분들은 아니지만 고등교육을 받았으니 완전히 영어 까막눈도 아니다. 나는 지금도 부모님이 내 엉터리 영어 노래, 아니 영어 단어 늘어놓기 노래, 아니 영어도 무엇도 아닌 괴상망측한 음절들로 구성된 그 노래를 들을 때 도대체 무슨 생각을 했을지 생각하면 저절로 식은땀이 난다.

이러한 허세병은 커서도 고쳐지기는커녕 더욱 교묘한 형태로 발전해서 일종의 여행 허세병으로 진화해갔다. 남들 해외여행 가는 게 몹시 부러웠던 나는 책과 인터넷을 통해 닥치는 대로 디테일한 정보를 수집했다. 누가 뉴욕에 간다고 하면 할랄가이즈와 다니엘을 들러보라며 훈수를 두고, 누가 보홀에 다녀왔다고 하면 막탄 세부 공항에 내려 배를 타고 들어가려면 피곤했겠다며 아는 척을 해댔다. 뉴욕이나 세부에 가본 거냐고 물어오면 그제서야 아니 가본 적은 없는데, 라고 우물우물 허세병을 고백했다.

제주도에도 허세병은 어김없이 적용됐다. 다른 사람보다 몇 번 더 제주에 가봤다는 것만으로 제주도 전문가인 양 행세하며 사기를 쳤다. 누군가 제주에 간다면 갑자기 없던 열정이 샘솟아 숙소, 동선, 맛집 추천에 앞장섰고, 제주에선 어떻게 하면 현지인처럼 보일지 생각하며 온갖 정보를 놓치지 않으려 기를 썼다. 횟집에서도 옆 테이블의 도민들이 뭘 시키는지 매의 눈으로 관찰했고, '공항에서 온 버스라도 돌아갈 때는 공항에 안 가는 노선이 있군' '서귀포

에서 마을 간을 이동할 때는 중문에서 갈아타는 게 베스트구나'
등등 모든 버스 노선을 열심히 연구했으며, 좋다고 소문난 곳이 있
으면 한걸음에 달려가서 정말 괜찮은지 점검했다. 그래서 제주에 대
해 물어보는 사람들에게 "쌍둥이횟집 가면 관광객들은 세트 시키
더라? 점심 특선 지리만 시켜도 회랑 튀김 나오는데 말이야"라든가,
"올래국수? 200번 타면 제원아파트 바로 앞에 내려주는데. 물론 택
시 타고 찾아갈 가치가 있긴 하지", "난 천지연, 천제연, 이런 데보다
소정방이나 원앙폭포가 좋더라. 뭐 별로 유명하진 않지만"이라며 제
주를 다 꿰고 있는 양, 온갖 어쭙잖은 허세를 떨어주었다.

허세병은 점점 중증이 되어 이제는 어설프게 제주어를 쓰고 싶
어 사람들의 한마디 한마디에 귀를 쫑긋 세우고, 남이 안 가본 곳
을 허세스럽게 소개하고 싶어서 여전히 이곳저곳을 신나게 다니고
있다. 이놈의 허세병 언제 그치고 정신 차릴까 해도, 플라워 굿모닝
화이트 노로로를 부르던 시절부터 유구한 역사를 자랑하는 병이
니 완치되기 어렵지 싶다. 그래서 나는 그냥 내 허세병을 인정하기
로 했다. 허세병 환자는 환자답게 끊임없이 제주도에 대해 속속들
이 허세를 떨어야 하니, 오늘도 제주도를 더 잘, 더 많이 알기 위해
비행기표를 사고 제주도 책을 보고 제주살이 사이트에 들락거린다.
어찌 알겠는가. 이러다 보면 진짜 제주 사람마냥 덜 어설픈 허세를
떨 수 있을 날이 올지. 이제 나는 플라워 굿모닝 화이트 노로로가
아니라 진짜 영어 노래를 부를 수 있게 됐으니까. 언젠가 나도 제주
도를 진짜 잘 알게 되는 순간이 올 테니까.

음료를 별로 좋아하지 않는데, 그 음료는 어찌나 맛있는지 두 잔씩
마시기도 했다. 우유에 오렌지 껍질과 이것저것을 넣은 시원한 음료
였는데, 물에 술 탄 듯 술에 물 탄 듯 상큼하지 않은 그 맛이 내 마
음에 꼭 들었다. 겨울에 다시 가니 더이상 '오렌지 밀크'는 없었다.
애꿎게 '귤꽃 소복 사르르 라테'만 들이켜며 여름이 오면 당장 오렌
지 밀크를 마시리라 생각했다. 여름에 오렌지 밀크를 다시 팔지는
알 수가 없다. 그래도 두 번씩 본 바다, 두 번씩 간 오름, 두 잔씩 마
신 오렌지 밀크. 내년 여름까지는 괜찮겠지.

제주시 구좌읍 월정리, 고래가 될 카페

수건 개는 시간

아주 조용한 게스트하우스에서 이유는 모르겠지만 수건 개는 일을 떠맡게 되어 스태프도 아닌데 수건 수십 장을 개다가 문득. 보통 집에서는 지루해하며 라디오를 틀어놓거나 잡생각을 하며 수건을 개곤 했는데, 아주 고요한 오후에 텅 빈 게스트하우스에서 수건 개는 소리만을 들으며 수건을 개다 보니 문득. 이 수건 개는 시간이 나에게 얼마나 소중한가.

지겨운 날들이 있었다. 이를테면 구두를 신고 스커트를 입고 종종걸음으로 출근하는 시간, 냉난방 되는 사무실에 다리 꼬고 앉아 '하기 싫다아' 메신저로 그런 말이나 톡탁거리던 시간, '외식 지겨워' 툴툴대며 점심을 먹던 시간.

나는 어느 날 아마도 수건 개는 소리처럼 그 구두 소리를, 그 키보드 톡탁거리는 소리를, 그 오만한 불평을 그리워할 것이다. 내가 수건 개는 고요한 시간을 사랑하는 건 아마 내가 주부가 아니어서, 이 숙소의 스태프가 아니어서일 테니까. 그러니까 사람은 같이 있으면 서로를 지겨워하고 따로 있으면 서로를 그리워하게 된다지. 고요하면 분주하고 싶고 분주하면 고요하고 싶다. 아마도 우리는 본질적으로 존재하지 않는 것을 욕망하는 존재이기에. 우리는 우리의 이방인이기에. 그러니까 우리는 끊임없이 다른 곳으로 여행하려 하는 존재이기에.

심야치유차량

우리는 그때 민트색 쏘울을 탔다. 같은 직종에 종사하고 있었던 우리는 업계의 시시콜콜한 소문들을 모두 공유하고 있었다. 또한 그는 내가 본 사람들 중 가장 글에 대한 열정과 재능이 뛰어난 사람이었다. 결과적으로 우리는 회사와 책 이야기를 실컷 할 수 있는 관계였고, 그 이야기들은 내가 가장 길게 말할 수 있는 주제였기 때문에 우리는 같은 언어로 떠들 수 있어서 신이 났다. 그가 운전하는 민트색 쏘울을 타고 새별오름 들불축제를 향해 출발했다. 제주 동쪽에서 제주 서쪽으로 한 시간 남짓 긴 운전을 했다.

인생에 몇 번은 그런 시간이 찾아온다. 서로에 대해 가장 옅은 오해로 서로를 이해하며, 상대라는 거울 속에서 나를 보는 시간. 우리는 서로의 본질에 대해 선무당처럼 그럴듯한 이름들을 붙였다. 어깨를 나란히 하고 가만가만 기억 속을 달리던 그 민트색 쏘울에 심야치유차량이라는 이름을 붙였다. 아무것도 아닌 인생과 곁에 있는 당신과 이런 시간이 기적이라는 생각을 했다.

여행을 가면 그 사람을 알게 된다는 말에 비로소 동의했다. 누군가와 함께 여행할 때마다, 나는 대체로 이것도 좋고 저것도 좋은 사람이어서, 딱히 좋을 것도 싫을 것도 없이 무미했다. 여행지에서 속을 털어놓는 일 같은 건 내게 있을 수 없다고 생각했다. 그제서야 내 모습을 그들에게 다 보여줬음을 알고 나서, 나는 얼굴이 좀 붉어진다.

새별오름을 태우는 커다란 불꽃을 마주했다. 겁 많은 나는 혹시 불똥이라도 튈까봐 주춤주춤 뒷걸음치기 바빴다. "선배, 저기로 가요! 저기가 불꽃이 더 클 것 같은데!" 호기심으로 반짝이는 그의 옆얼굴을 바라보다가 나는 그만 좀 웃고 말았다. 당신은 그런 사람이니까. 나는 이제 당신의 옆얼굴 한 조각 정도는 알았으니까. 우리는 민트색 심야치유차량을 타고 이곳으로 건너왔으니까.

멈추는 시간들

나는 치킨을 별로 좋아하지 않는데 이상하게도 한적한 시골 마을의 쓸쓸한 치킨집을 보면 꼭 치킨이 먹고 싶어진다. 사계항 근처에 내 마음에 꼭 드는 치킨집이 있다. 둥근 은색 탁자 두어 개와 간이의자가 놓인 집. 처음 봤을 때 나는 눈이 휘둥그레졌다. 너무 내 취향의 치킨집이어서. 포구와 밭뙈기만 있는 한적한 시골길 가장 자리에 불쑥 선물처럼 놓인 치킨집. 사각형 테이블이 아니라 고깃 집처럼 둥근 은색 테이블이어야 하고, 등받이 없는 플라스틱의자여 야 하고, 흰 플라스틱접시에 치킨을 산처럼 쌓아줘야 하는, 그런 디 테일이 완벽하게 구현된 집. 그 이후의 일이 잘 기억나지 않을 정도 로 맥주를 마셔댔으니 어지간히 마음에 들었던 것 같다.

치킨을 포장해서 야외로 나가 먹는 것도 좋다. 아니 사실은 치킨 을 포장해달라고 말하고 그 가게에 앉아 치킨이 다 될 때까지 기다 리는 시간이 더 좋다. 유명한 브랜드가 아닌 그냥 동네 치킨집이어 야 하고, 혹여 프랜차이즈라도 세련된 브랜드가 아니라 영세한 브랜 드여야 한다. 그리고 물론 반드시 양념치킨이어야 한다. 나는 치킨 을 포장해 갈 생각으로 두근거리며, 테이블 한쪽 끝에 무르춤하게 앉아 틀어놓은 텔레비전을 바라본다. 그런 곳이 협재에 있다. 아니 사실은 그런 시간이 협재에서 있었다.

나는 치킨이 아니라 그 치킨집에서 멈췄던 시간을 좋아하는 것 같다. 어두운 밤, 치킨집의 둥근 탁자, 혼자 치킨을 튀기던 여주인,

작은 고물 텔레비전. 활짝 열어놓은 문밖으로 바로 나 있는 차도에는 차가 한 대도 지나가지 않았다. 다시 내가 그런 치킨집에 앉을 수 있다면. 아마 이제는 차도에 차가 많이 지나가고 관광객은 더 많겠지만, 그리고 치킨집은 더 세련되어졌을 수도 있겠지만. 나는 그 치킨집 앞에서 발걸음을 멈추게 될까. 나는 다시 맥주를 그렇게 많이 마실 수 있을까. 이미 한번 멈췄던 시간의 톱니바퀴가 다시 돌아갈까. 그 시간들은, 수많은 다른 시간들을 넘어, 다시 나에게 올까.

트랙

작게 말하면 서운한 거고 크게 말하면 부당하다고 생각할 만한 일을 당하고, 모욕감과 황당함에 눈물을 참을 수 없었다. '내가 그렇게까지 비난받을 사람이었나! 어떻게 이럴 수가! 그래 나 못났다 어쩔래!' 억울함과 분노가 비뚤어진 마음을 만나 못난이 자괴감으로 발전했다. '이제 다시는 회사에서 웃지도 말하지도 않을 거야. 모든 것이 싫어!' 별 어이없는 다짐까지 하며 울며불며 귀가하던 와중에 갑작스러운 부음을 알리는 전화가 걸려왔다. 너무나 짧았던 생이 황망해서 몇 번인가 헛디뎠다. 그런 일들이 있었다.

방바닥에 누워 아이폰 여행사진첩을 넘겨보면서 좋았던 기억뿐 아니라 불쾌했던 일들, 화가 나고 부당했던 일들이 떠올라서 잠깐 짜증이 났다. 그런 생각을 떠올리게 하는 사진들에 삭제 버튼을 열심히 누르다가 문득 생각한다. 이것 역시 여행의 일부다. 인생도 그렇다. 우리는 언제든지 나쁜 상황에 처할 수 있고, 그건 자연스러운 일이다. 나는 갑작스러운 행운은 마치 당연한 것처럼 여기면서, 약간의 불운이라도 닥칠라 치면 내게 왜 이런 일이 생긴 거냐고 소리지른다. 기쁨처럼 슬픔 역시 덜컥 찾아올 수 있다는 사실을 잊는다.

삼십대 젊은 나이에 멀쩡하던 사지에서 피를 뿜으며 죽어갈 수 있는 것이 인생이다. 그는 억울하지 않았을까. 그는 황당하지 않았을까. 갑작스러운 불운. 오해. 소중한 것을 잃는 것. 추락. 배신. 특별한 게 아니다. 그런 것들이 바로 인생 그 자체이므로.

왜 나에게만 이런 일이 일어난 거냐며, 나는 그런 사람이 아닌데 억울하다며 발버둥쳐도 누구에게나 일어날 수 있는 일이 일어났을 뿐이다. 돌부리에 걸리는 일이나 마찬가지다. 돌부리에 걸리면 여러 가지 선택이 있을 수 있겠다. 주저앉아 울거나, 억울함을 호소하거나, 돌부리를 미워하거나. 물론 나도 이 세 가지를 골고루 다 해봤다. 그런데 최종적으로 할 수 있는 일은 하나다. 다시 걸어가는 것.

걷고 싶어도 걸을 수 없는 사람을 떠올리며 다시 걸을 수 있는 나를 곱씹는다. 당연하지 않은 그 행운 앞에서 돌부리는 저절로 작아진다. 어떤 것이 주어지더라도, 나는 나의 경기를 할 수 있는 것에 감사하며, 걸으리라. 트랙 끝까지.

괜찮음

스스로에게 괜찮다고 말해주는 건 몹시 필요한 일이다.
어쩌면 인생에서 제일 필요한 일일지도 모른다.

고기국수

국수는 동네 잔치나 결혼식에서 축하하며 먹는 거라던데, 나에게는 유난히 외로워 보이는 음식이다. 혼자 밥 먹었다, 빵 먹었다, 같은 말보다 혼자 국수를 먹었다, 라는 문장을 들여다보고 있노라면 왠지 꾸역꾸역 국숫가락을 욱여넣는 듯 목울대에 뜨끈한 감상마저 느껴진다.

그렇다고 외롭게 국수를 먹던 추억이 있는가 하면 오히려 그 반대에 가깝다. 나는 대전 출신이어서, 어린 시절 기차를 탈 때마다 가락국수로 유명했던 대전역 플랫폼에서 가락국수를 자주 사 먹었다. 기차 안에 그릇을 들고 탈 수 없기에 국숫가락을 급하게 입에 넣으며, 서서히 다가오는 기차를 곁눈질한다. 국물 한 모금이라도 더 마시려는 의지와 기차를 놓치면 안 된다는 생각, 다른 가족들도 한입 더 먹게 하려는 배려가 삼위일체를 이루는 순간, 일각을 다투는 시간 안배와 고도의 집중력이 절로 발휘되며 아슬아슬하게 그릇을 비울 수 있었다. 아직도 대전역 가락국수가 내 기억 속 최고의 맛 중 하나로 남아 있는 이유는 아마 그 스릴과 적당한 아쉬움 때문이기도 할 것이다.

우동면처럼 쫄깃하지도 않고 멸치국수처럼 슴슴하지도 않은 가락국수의 부드럽고 통통한 느낌을 좋아했는데, 고기국수를 처음 먹고는 그 옛날의 가락국수가 떠올랐다. 고깃국물의 배지근한 맛이야 확연히 다르지만, 소복한 중면은 가락국수처럼 순박했다. 더구나 시외버스를 기다리며 터미널 한쪽에서 먹는 고기국수의 맛은, 어릴 때 기차를 기다리며 먹은 가락국수의 추억을 불러일으키기 충분했다.

가락국수는 생각만 해도 마음이 뿌듯하게 차오르는 느낌이고, 고기국수 역시 행복한 추억을 불러일으키는 훈훈한 음식이 됐다. 이렇게나 따뜻한 음식들인데 여전히 국수 먹는 풍경이 외롭게 느껴지는 건, 그리움은 외로움의 다른 이름이어서일 것이다.

놀고 있네

작은 술집에서, 옆 테이블의 청춘남녀가 주고받는 수작이 들렸다. 짙은 아이라인으로도 앳됨을 감출 수 없는 여자애와 또래의 남자애였다. "우리 서로 애인 생기면 말하기로 하자.""좋아, 나도 그러려고 했었어.""다 비밀로 해도 너한테는 말해줄게.""나도." 그러한 수작을 듣고 있으려니 '놀고 있네' 소리가 절로 나오면서도 상당히 부러운 게 사실이다. 우리 서로 애인 생기면 말하자. 속이 빤히 보이는 저런 말을 하면서 두근거릴 수 있는 시기는 언제였던가. 그런 때가 과연 내게 있기는 했던가.

되도록 많이 놀자. 놀고 있자. '놀고 있네', 더 늙은 내가 지금의 나를 보면 그 말이 절로 나올 수 있도록, 그러면서 상당히 부러워질 수 있도록, 그렇게 놀고 있는, 그런 날들을 사는 것. 요즘 나의 일상 목표다.

덫

'짜장면 시키신 분' 이후로, 마라도는 짜장면 섬이 됐다. 바람이 워낙 센 탓에, 겨울에는 눈도 뜨기 힘들 지경이다. 왜 이렇게 춥고 바람이 부는 거냐고 투덜거리는 관광객에게 따끈하고 든든한 마라도 해물짜장면 입간판은 꽤 유혹적으로 다가온다. 저마다 맛집이고 원조라는 간판 속에 한 집을 찾아 들어선다. 짜장면 한 그릇을 주문하고 방바닥에 앉아 기다리는데, 어린 남자아이가 눈에 띈다. 중학생이란다. 마라도 짜장면을 먹으려고 혼자 서울에서 제주까지 아침 비행기를 탔고, 곧장 모슬포로 달려와 배 닿자마자 이곳으로 왔다고. 주인은 곱빼기를 얹어주며 많이 먹으라 하고, 아이는 바닥까지 비우고 맛있다 한다. 아침도 못 먹고 첫 비행기로 내려와 버스 타고 배 타고 찾아온 짜장면 한 그릇이 얼마나 꿀맛일지, 생각만 해도 침이 고인다. 졸업식 날 먹고 시험 끝난 날 먹고 유명한 가게며 고급스러운 가게에서도 먹어봤지만, 평생 저렇게 특별한 짜장면을 먹을 수 있을까.

짜장면 면발을 후루룩거리는 중학생 옆으로 보행기를 탄 아기가 다가온다. "마라도에서 가져서 마라도에서 태어나 마라도에서 자라는 마라도 최고 귀염둥이예요."

마라도에서 태어난다는 것은 어떤 생일까. 도시에서 태어나 도시에서 자란 관광객에게, 마라도에서의 삶이란 영원히 알 수 없는 미지의 것이다. 제주 본섬을 육지라 부르는 그곳에 입도해 한 바퀴 돌

때마다 항상 그런 생각을 했었다. 지구 반대편에서 사는 사람들보다, 어쩌면 나는 이 섬에서의 삶이 더 낯설다고. 한낮을 지나면 쓸쓸한 바닷바람만 남는 그런 섬에서 평생을 산다는 것을, 나는 절대로 알 수가 없다고.

톳과 소라가 담뿍 들어 있어 감칠맛 도는 짜장면 한 그릇을 비우고 화장실에 다녀오는데, 젊은 남자가 산더미 같은 양파를 까고 있다. 화장실 가는 길에도 양파를 까고, 긴 전화까지 마치고 돌아오는 길에도 양파를 까고 있다. 어쩌면 이 섬에서의 삶은 끊임없이 양파를 까는 저런 삶이다.

그러니까 이 섬에서의 삶은 지금 나의 삶과 놀랍도록 닮아 있다. 나도 사실은 끊임없이 양파를 까고 있으니 말이다. 아리고, 녹아들고, 가끔 달콤하다. 특별한 삶이라는 건 애초부터 없는 건지도 모른다. 섬사람에게도 도시 사람에게도 지구 반대편 사람에게도 찾아오는 것들―일상의 군내, 찬란한 순간, 체념, 별안간 찾아오는 고통, 이름을 붙일 수 없는 감정, 생의 신비로움, 삶 속에 놓인 덫―을 피할 수 있는 사람은 지구상에 아무도 없고, 그전에도 그후에도 없을 것이니까. 그래서 나는 아주 조금은, 당신을 알 수 있다고.

낯도 안 가리고 울지도 않는 기특한 마라도 짜장면집 아기는 생글생글 잘 웃었다. 나는 짜장면값을 지불하고 가게를 나와서 섬을 걷기 시작했다. 거센 바람을 온몸으로 맞으며, 더 많은 날 이 바람을 맞게 될 아기를 생각했다. 잘 자라라. 이토록 많은 바람이 부니까 더더욱, 잘 자라라!

온도

겨울, 제주엔 바람이 많이 분다. 물론 봄에도 여름에도 가을에도 제주는 바람이 많이 불지만, 겨울의 거칠고 끈덕진 바람을 정면으로 맞아보면, 연기처럼 보이는 하얀 모래바람을 뒤집어써보면, 완전히 알게 된다. 겨울의 제주는 진정 바람의 섬이다.

오후 비행기로 제주에 온 첫날 일정은 겨울 바다가 전부다. 운전이라도 할 수 있으면 차를 빌려 가까운 관광지라도 다녀오련만, 전철 타고 비행기 타고 버스 타고 간신히 숙소에 짐을 던져놓은 뚜벅이 여행자의 지친 첫날은 그저 동네 바닷가 구경으로 마감하기 일쑤다.

유행가 속 겨울 바다는 꽉 막힌 가슴을 열고 넘치는 기쁨으로 달려가는 곳이라던데, 현실의 겨울 바다는 딱히 낭만적이지 못한 순간이 많다. 모자 달린 잠바를 아무리 뒤집어써보아도, 바람은 모자를 끊어낼 기세로 달려든다. 시골 동네는 물론이거니와 유명한 해수욕장이라 해도 이런 날 바다를 서성이는 사람은 사방 천지에 나 한 명이다. 아무도 없는 모래사장을 걷고 아무도 없는 돌 위를 걷고 아무도 없는 수평선을 바라본다. 쓸쓸함이라는 단어를 그야말로 온몸으로 실감한다. 이어폰을 꺼내 노래를 듣는다. 조용하고 분위기 있는 음악까지 합세한다면 정말로 고아처럼 외로워질 것 같아서 따뜻한 러브송을 택한다. 그래서 나는 또다시 알게 된다. 쓸쓸한 바다에서 달콤한 노래를 들으면 더욱 외로워진다는 사실을.

겨울, 제주 바다에는 시간을 삼키는 수평선과 스산한 바람이 있
다. 어쩌면 여행이란 그 쓸쓸함을 보고 싶어서 가는 걸지도 모른다.
그래서 나는 비수기의 제주를 좋아한다. 물론 춥고, 바람이 분다.
몸이 차가워지고, 마음이 추워진다. 그런데 어떤 순간, 사람은 마음
이 추워지는 그 상태를 원하기도 한다.

인생의 모든 것이 그러하듯이, 여행은 기본적으로 즐거운 것이지
만, 때때로 언 손가락을 녹이는 것, 상냥하지 못한 바람을 맞는 것,
마음이 깊숙이 추워지는 것이기도 하다. 그런데 참으로 이상하다.
그 추웠던 마음 때문에 때로 일상을 버틴다. 심호흡 한 번이 힘든
일상의 순간에 차가웠던 그날, 그 쓸쓸함을 떠올린다. 그 순간 나
는 아무도 없는 겨울 바다 한복판에 서 있다. 온몸으로 바람을 맞
으며, 얼어붙은 수평선을 바라보며, 시린 발목을 한 걸음씩 옮기며.
그리고 그건 여름날 차가운 한줄기 바람, 혹은 뻐근한 고개를 한껏
숙였을 때 어깨 전체로 퍼지던 등줄기의 시원함이 되어 번잡한 일
상의 온도를 식힌다. 그러니까 제주에 유채꽃과 여름 해변과 푸른
하늘만으로 채워지지 않는 차가운 바람의 날들이 있어서 얼마나
다행인지. 인파 한가운데서 맑고 서늘하게 뒤돌아보던 연인의 눈동
자처럼, 그 차가운 겨울 바다가 사실은 얼마나 아름다웠는지.

빛

"원래 병이 있었나봐."

"근데 사진을 어떻게 찍었대?"

"누가 돌봐주지도 않고 하니 병이 깊어진 거지 뭐."

"불쌍하네."

김영갑갤러리 두모악은 항상 방문객이 넘친다. 사람들이 건성으로 하는 대화를 듣는다. 불치병이 덮쳤고 돌봐주는 이 없었으니 불쌍하다는 무심한 문장. 우리는 불치병에 걸린 사람을 동정하지만, 삶에서 확신할 수 있는 단 하나의 예언이 죽음이라는 사실을 기억한다면, 우리도 결국 죽음을 향한 현재 진행형의 불치병 환자이리라. 갑작스럽게 혹은 천천히 그리고 홀로 눈감게 될 운명에서 누구도 자유롭지 않으니, 삶이란 그저 불쌍한 것에 불과한지도 모르겠다.

김영갑갤러리 두모악은 폐교를 개조해 만들었다. 밖은 정원, 안은 사진 전시관이다. 그가 찍은 초록빛 오름 사진을 들여다보면 실제로 봄의 온기가 느껴지는 듯하고, 그가 찍은 갈대 사진을 보고 있으면 인화지를 뚫고 바람이 불어오는 듯하다. 사진들을 한 바퀴 둘러본 뒤 긴 책상에 앉아 방명록을 들춘다. 예술혼에 감동했습니다, 아름다운 사진입니다, 그런 찬사들을 하나씩 넘겨보다가 나도 펜을 든다. 그러나 무슨 말을 써야 할지 모르겠다.

맑은 정신으로 육신만이 서서히 굳어져간다는 것은 대체 어떤 의미일까.

김영갑갤러리 두모악에는 그가 작업하던, 만년에는 병든 몸을 뉘였던 조그만 방이 있다. 잠겨 있는 유리문 너머 책꽂이와 의자와 사진 장비를 훔쳐본다. 손바닥만한 창을 통해 손바닥만한 풍경을 바라보는 게 전부였던 그의 마지막을 생각한다. 그토록 사랑하여 수천수만 번을 찍은 제주의 풍광을 그는 다시는 볼 수 없었으며 오직 기억에 의지해 머릿속에서 복기할 뿐이었다.

물리도록 보고 또 보아서 현실이라고 믿어왔던 풍경이, 기억 속 환상으로 천천히 변해간다.

누군가가 내게 말해주었다. 한센병자 노인의 머리맡에 붙어 있던, 끝이 닳아버린 가족사진에 대하여. 천형이라고 불렸던 병이 발병한 뒤 가족을 살리기 위해 홀로 야반도주를 해야 했던 남자. 이제 요양원 침대에 누워 있는 그의 머리맡에는 가족사진 한 장이 붙어 있다. 가족이 보고 싶을 때마다 수천수만 번을 들여다봐서 사진의 가장자리가 다 닳았다. 많은 세월이 흘러 이제 누인 몸 가누기조차 힘든 노인이 되었지만, 그는 아직도 가족사진을 볼 때마다 눈물을 흘린다고 했다.

건강했던 그와 젊은 아내와 조그만 어린 것이 박혀 있는 그 사진을 들여다보던 수천수만 번의 시간들은 다 어디로 갔을까.

당신은 알고 있을까. 산다는 건 수천수만 번을 보아도 눈물이 나는 가족사진을 만드는 과정에 불과하다는 것을. 죽음이라는 예정된 수순이 입 벌리고 기다리는 낭떠러지 위로 총총히 걷는 외줄타기일 뿐이라는 것을. 그러니까 그깟 낭떠러지로 렌즈를 들이대는 행동이 얼마나 바보 같은 일인지. 그깟 사진 한 장에 마음이 흔들린다는 것이 얼마나 어이없는 일인지. 죽음 앞으로 나아가면서도 저 너머에 이어도가 있으리라는 줄기찬 믿음이 얼마나 가당찮은 것인지.

죽은 그는 말이 없다. 우리는 단지 그의 사진 속에 솟아오른 오름, 사진 속에 부는 바람, 사진 속에 비치는 빛을 본다. 생의 모든 아름다움이 단지 사진 한 장으로 남는다 해도 끝내 그런 삶을 택한다. 오십 년이 지나도록 눈물을 흘리게 하는 가족사진이라도 그 사진을 죽는 날까지 바라본다.

우리는 어쩌면 그럴 수밖에 없는 존재들이다.

1474

"여기 가봐요." 모르는 사람, 아니 몰랐던 사람, 이제는 알게 된 사람, 하지만 다시 헤어져 모르는 사람이 될 사람, 그러니까 버스 안에서 우연히 옆자리에 앉았다가 먼저 내린 사람이 나에게 전화번호를 줬다. 그 번호로 전화를 걸었다.

여자 한 명 방 있어요?

서귀포 시내에서 한경면까지 버스를 타고 한 시간 남짓 걸렸다. "경로당에서 500미터 정도 들어오시면 됩니다." 버스 정류장 주변에 건물이라곤 경로당 하나뿐이니 경로당은 쉽게 찾을 수 있었지만, 경로당을 사이에 낀 골목으로 한참을 접어들자 길을 잃어버린 건가 불안했다. 작은 집들이 드문드문 있는 좁은 길을 두리번거리며 걷는데, 맞은편에서 마을 할아버지가 커다란 하늘색 배낭을 멘 나를 호기심 어린 눈으로 바라보며 걸어오고 있다. '이 시골에 웬일이고 대체 어디를 가는지?' 할아버지의 눈에는 이 문장이 아주 또렷하게 쓰여 있다. 결국 호기심을 참지 못한 할아버지가 멈춰서서 묻는다. 어디에 가는지, 무엇을 찾는지. 시골 꼬부랑 할아버지의 말을 잘 알아듣지는 못하겠지만, 대충 그런 말인 것 같다. 이 마을에 하나뿐인 게스트하우스니까, 마을 사람이라면 알지 않을까 싶다. "1474 게스트하우스 어딘지 아세요?" "뭐라고?" "1474 게스트하우스요." "일…… 뭐라고?" "이 마을에 있는 게스트하우스 찾아가거든요. 이 근처에 게스트하우스 있어요?" "게? 게스? 게트? 게, 뭐라고?" "게, 스, 트, 하, 우, 스! 게스트하우스 찾는데요. 게, 스, 트, 하, 우, 스, 요." "게…… 뭐라고? 게…… 몰라……."

이제야 나는 '시골 꼬부랑 할아버지는 게스트하우스라는 단어를 모른다'는 사실을 받아들인다.

"아, 아니에요. 감사합니다." 이쯤에서 대화를 마무리짓고 내 갈 길 가려 하는데, 할아버지가 계속 말을 잇는다. "용수, 용수." 우측으로 손짓을 크게 한다. "이쪽, 바다야. 용수, 용수." 나는 할아버지의 말을 알아듣기 위해 최대한 노력하고, 할아버지는 '이쪽' '바다' '용수'라는 단어를 손짓과 함께 내게 전달하기 위해 노력한다. "아, 이쪽으로 가면 바다라고요? 계속 가면 용수리라고요?" "응, 용수, 용수." 드디어 할아버지의 언어 해석을 끝낸 나는, "알겠습니다, 저는 바다 안 가요!"라고 큰 소리로 대답을 한다. 할아버지는 그제서야 안심한 얼굴로 고개를 끄덕이며 "응, 용수, 바닷가"라며 계속 알려준다. "네!" 대화가 통한 할아버지와 나는 서로 고개를 끄덕이고 다시 제각기 다른 방향으로 걷는다.

이곳은 용당, 그나마 민가가 있는 곳. 내가 걷는 방향으로 계속 걸으면 용수바닷가. 할아버지는 내게 '여기는 용당인데 계속 걸으면 용수바다가 나온다. 계속 가면 용당을 벗어나 용수로 가게 된다'는 정보를 전달하려 한 듯하다. 시골 마을에 배낭 메고 두리번거리는 젊은 사람이 걱정된 것일까. 웃음이 나오면서 마음이 따뜻해진다.

다정한 가정집 같은 1474 게스트하우스에 배낭을 내려놓고 바다까지 걸어서 낙조를 보러 갔다. 사람이 아무도 없는 시골길은 자연

그 자체다. 기분좋은 봄바람, 멋대로 자란 풀, 이국적인 풍력발전기, 끝없이 펼쳐진 저녁 하늘. 사십 분을 걸었는데도 사람이라고는 한 명도 볼 수 없는 진짜 시골길. 하지만 날벌레는 만 마리쯤 본 것 같은, 그런 시골길.

멀리 차귀도가 보이는 항구의 일몰은 듣던 대로 아름답다. 렌터카가 다가오고, 관광객이 내리고, 낙조를 배경으로 사진을 찍고, 또 차를 타고 사라진다. 저녁 무렵이어서인지 그렇게 잠깐 멈추는 관광객 말고는 아무도 없다. 이 마을 사람들은 대체 어디 있는 걸까.

다시 게스트하우스까지 걸어오는 길. 맑은 공기, 풀냄새, 날벌레만 있을 뿐, 해가 지는 하늘 아래 사람이라곤 여전히 나 혼자뿐이어서 조금 쓸쓸해지는데 갑자기 하늘에서 "딩동댕" 소리가 들린다. "알려드립니다." 차분한 중년 여자의 목소리가 논밭 가득 울려퍼진다. "노인회에서 봄철 관광을 갑니다. 몇월 며칠에 관광을 가실 분은 일만 원을 지참하시고 면사무소에 신청해주시기 바랍니다. 다시 한번 알려드립니다." 안내 방송이 몇 번이나 되풀이된다. 여전히 길엔 아무도 없지만, 마을 사람들 모두가 집에서 이 말을 듣고 있는 거겠지. 안내 방송에 귀를 쫑긋 세우고 있을 할아버지 할머니들을 생각하니, 혼자 걷는 길이 조금 정겹다.

재치 있게 잘 통하는 대화도, 거리에 가득한 사람도, 텔레비전과 유행가의 소음도 없다. 맑은 하늘과 푸른 논밭만 있는, 바다에 면한 시골이다. 몇 번을 되풀이 말해야 알아듣고, 전봇대마다 달린 마을 방송 스피커로 소통하고, 하염없이 걷거나 자전거를 타고 다닌다.

너무 빠르고 너무 많이 알고 너무 매끄러운 삶에서 아날로그 세계
로의 순간이동. 내가 원했던 것은 이런 것이 아니었을까. 좀 느려도
되고 잘 몰라도 되는 세계에서 천천히 내쉬는 호흡. 그렇다면 이곳
을 권하고 싶다. 1474 게스트하우스가 있는 곳. 제주시 한경면 용수
리 1474번지, 용당길 51.

굴전과 우쿨렐레

김녕과 성산 사이 월정리 바닷가에 '아일랜드 조르바'라는 카페가 있다고 한다. 가로로 긴 직사각형 창문을 통해 보이는 바다가 엽서처럼 아름답다고, 홍대 스타일의 개성 강한 주인들이 카페를 꾸린다고 한다. 카페에 관심이 없고, 카페에서 시간 보내는 취미도 없으니까, 외관만 구경할 생각이었다. 그렇지만 엄청난 바람과 모래폭풍으로 바닷가에서의 낭만 산책을 급히 접고 카페 안으로 뛰어들어가야만 했다.

카페는 썰렁했다. 손님이 한 명도 없었다. 주인으로 보이는 사람들이 인사를 건네긴 했는데 곧 다른 쪽으로 들어가버렸다. 넓은 테이블에 앉아서 멀뚱멀뚱 메뉴판을 기다렸지만, 그들은 옆방에서 우쿨렐레를 연주하며 노래를 부를 뿐이었다. 숫기 없이 쭈뼛거리며 테이블에 앉아 하염없이 노랫소리를 들었다. 흠칫 놀랐다. 웬 고양이가 내 다리 위로 냉큼 올라앉아 있었다. 고양이를 슬슬 쓰다듬으며 시간을 죽였다.

한 시간쯤 지났을까. 아무래도 뭔가를 주문해야 할 것 같아서 노래가 끊이지 않는 옆 공간을 기웃거렸다. 밀크티를 주문하고 다시 고양이와 놀았다. 아무도 내게 말을 건네지 않았고 주인들은 그들끼리 놀고 있고, 명랑한 노랫소리와 우쿨렐레 소리가 계속 울려퍼지고 있고, 창밖으로는 모래바람이 부는 쓸쓸한 월정리 바다가 보였다.

약간 편안해졌다. 사실은 나도 처음이 어려운 사람이기 때문에. 살갑지 못한 사람이기 때문에. 하지만 찬 겨울바람을 지나온 후에 마시는 밀크티가 더 따뜻한 법이다.

신나게 우쿨렐레를 연주하던 젊은 주인이 내게 말을 걸었다. 나이는 몇인지? (오, 나보다 많네.) 제주도는 왜 왔는지? (놀러 왔지.) 실직했는지? (회사 다님.) 남자친구 있어요? (아니오.) 실연당한 것? (원래 없어요.) 왜 원래 없는가? (글쎄 그게…….) 제주도에 혼자 오는 사람은 실연당한 사람과 실직한 사람이 많다고 했다. 나 역시 추운 바닷가를 혼자 헤매는 꼴이 영락없이 실연당한 실직자였나보다.

"굴 좋아해요?" 굴이라니, 요 옆 만장굴을 얘기하는 걸까. 못 알아듣는 나에게 그가 되물었다. "두 유 라이크 오이스터?" 웃긴 말을 하나도 안 웃으면서 하는 남자 때문에 나는 웃었다. 그리고 그는 굴전을 부쳐 신선한 생굴과 함께 가져왔다. 굴 안주를 곁들인 작은 술상이 차려졌다. 나는 따끈한 굴전을 열심히 먹으며 맥주 한 캔을 비웠다. 그들은 나에게 더이상 아무것도 묻지 않았고, 나도 특별히 할 말이 없어서 그저 그들의 잡담을 들으며 묵묵히 굴을 먹었다.

굴을 다 먹고 그들은 다시 우쿨렐레와 함께 노래하기 시작했고, 나는 카페를 떠났다.

제주도에 올 때마다 그 카페를 들른다. 우쿨렐레도 잘 다루고, 노래도 잘하고, 웃음기 없이 웃기기도 잘하고, 김치도 잘 담그고, 요리도 잘하는 주인은 내가 슬쩍 카페에 방문할 때마다 동그란 눈을

한번 더 동그랗게 뜨고 오랜만이라거나, 또 왔냐고 한다. 나는 할
말이 없어서 그냥 허허 웃고 만다. 그리고 따뜻한 밀크티를 마시고
식사를 주문한다.

나는 카페를 별로 좋아하지 않지만, '아일랜드 조르바'만은 예외
다. 조용하고 쓸쓸한 바다만큼이나 이 카페가 좋다. 혼자 온 제주
도, 혼자 맞던 겨울바람, 노릇한 굴전 인심, 손님이 오든 말든 계속
노래하던 자유로움, 그런 것들이 내게 다 처음이었기 때문일 거다.
무엇이든 이제 물리도록 익숙해진 성인이라고 생각했는데, 사실은
아직도 처음인 것투성이인 수줍은 소녀가 내 안에 있었던 거다. 그
래서 제주도에 갈 때마다 '아일랜드 조르바'에 들르게 되었다. 낯선
마음과 처음의 기쁨을 잊고 싶지 않아서. 내가 더 나이를 먹게 되
더라도.

― 이 카페는 이후 '고래가 될'로 상호 바뀜

하늘을 달리다

표선에 간다면 해비치호텔의 놀이터를 추천하고 싶다. 투숙객이 아니어도 놀이터는 갈 수 있으니까. 그곳에서는 눈앞에 펼쳐진 푸른 바다를 바라보며 그네를 탈 수 있다. 씨에스호텔에도 신라호텔에도 흔들흔들 탈 수 있는 예쁜 그네가 있지만, 해비치호텔의 그네는 땅을 박차고 발을 굴러서 하늘 높이 솟아오르는, 말 그대로 진짜 그네다. 높이높이 그네를 타고 허공을 가르면, 빛나는 바다 위를 날아다니는 듯한 기쁨이 차오른다.

음악을 크게 틀어놓은 휴대폰을 주머니에 넣고, 햇빛과 바람 사이의 공간에 몸을 맡겼다. '마른하늘을 달려 나 그대에게 안길 수만 있으면 내 몸 부서진대도 좋아. 설혹 너무 태양 가까이 날아 두 다리 모두 녹아내린다고 해도 내 맘 그대 마음속으로 영원토록 달려갈 거야.'(이적, 〈하늘을 달리다〉) 있는 힘껏 다리를 휘저어서 높이높이 날아올랐다. 그렇게 하늘을 달렸다. 그 순간 세계에는 단지 나와 바다뿐이었다.

유실물

열심히 송악산을 내려와서 열심히 문어를 먹고 열심히 막걸리를 마셨다. 기분이 좋아져서 값을 치르고 총총히 걸어가다가 문득 생각이 났다. 술 마시기 전 멀쩡히 벗어두었던 장갑이 없었다. 엄마가 떠준 빨간 털장갑, 몇 년째 끼고 다니던 털장갑을 잃어버린 것이다. 잠바 주머니를 뒤지다가 급히 가게로 되돌아갔지만, 간이주점인지라 해가 지자마자 냉큼 문을 닫아버린 후였다.

얼마 후 다시 제주에 갔다. 이미 봄이었다. 송악산 그 주점에도 다시 들렀지만 장갑의 행방을 묻기에는 너무 따뜻한 날씨여서 어쩔 수 없이 문어와 막걸리만 먹었다. 잃어버린 털장갑이 꼭 제주 어느 곳에 있을 것만 같아서 기분이 이상해졌다. 어린 시절 잠시 키우다 시골로 보내진 강아지처럼, 털장갑도 내 곁을 떠나 제주 한구석에서 살고 있을 것 같은 기분.

나는 지금 잠시 서울을 떠나 제주에 머물고 있다. 털장갑 역시 서울의 나를 떠나 제주에 머물고 있을 것 같았다. 이 섬 어딘가에서, 빨간 털실 보푸라기를 만들며. 사실은 내 삶의 한 조각을 제주에서 잃어버리는 것도 좋을 것 같았다. 그러니까 가끔 제주에 와주자. 그래서 나의 한순간을 이곳에 흘리고 가자. 이 하늘 아래, 이 바다 곁에, 언젠가 그리워할, 잃어버린 순간을 놓고 가자.

이상한 데이트

　게스트하우스 주인이 봉고차로 태워다줄 수 있다며 에코랜
드에 갈 일행을 모집했다. 딱히 할 일이 없어 보이는 사람들, 나를
포함하여 서너 명이 손을 들었다.

　우리는 봉고차에 실려 에코랜드에 갔다. 장난감 같은 빨간 기차
를 타고 미니어처 언덕과 미니어처 숲과 미니어처 강을 방문했다.
성인이 즐거워서 까무러칠 만한 곳은 아니었지만, 되도록 아이의
마음으로 돌아가 즐기기로 했다. 동물 모양 구조물마다 찰싹 달라
붙어 동물과 똑같은 포즈로 사진을 찍었다. 그때마다 내 사진기를
옆의 어린 남자에게 맡겼다. 나는 상대방과 쉽게 친해지지 못하는
어설픈 사람인데, 그와는 금세 신상을 털어놓고, 금세 장난을 치고,
금세 서로를 구박하게 되었다.

　오름을 보고 바다를 보고 카페에 들렀다. 우리는 개구진 초등학
생처럼 계속 장난을 치고 서로를 놀렸다. 나는 이 신기한 관계에 푹
빠져들었다. 그건 그도 마찬가지인 것 같았다. 마침내 그의 눈 가득
나를 바라보는 시선이 가득해졌다. 어떤 친구와도 이렇게 즐거웠던
적은 없었고, 어떤 애인과도 이런 눈빛으로 서로를 바라본 적은 없
었다. 조도 낮은 카페 테이블에서 이마를 맞대고 앉아, 우리는 두근
거리고 있었다.

　숙소로 돌아오는 길은 깜깜했다. 서로의 손이 스쳤다. 내가 손을
뻗으면 쉽게 그의 손을 잡을 수 있다는 사실을 알고 있었지만, 그리

고 그가 나의 손을 잡고 싶어서 망설인다는 사실을 알고 있었지만, 손을 잡지 않았다. 문득 전날의 잠자리 이야기가 나왔다. 너무 더워서 속옷만 입고 잤어요, 라는 나의 말에 그가 앗, 상상되잖아요, 라고 말했다.

손도 잡지 않은 우리는, 그러므로 순간, 그 어둠은 너무나 에로틱했다.

우리는 전화번호를 교환하고 각자의 도미토리로 돌아갔으며, 다음날 아침 나란히 산책했다. 사실 그날은 내가 제주를 떠나는 날이었다. 호들갑스럽게 작별 인사를 하려는 그를 제지한 나는 서운할 만큼 대강 인사를 건네고 먼저 숙소를 떠났다.

공항에 앉아 있는데 문자가 왔다. 영원히 잊지 않을게요. 내가 문자를 보냈다. 고마워요.

그건 우리가 절대로 다시 연락하지 않을 거라는 의미였다.

우리가 여행지에서 딱 하루 만났던 사이이기 때문일 수도 있었고, 그가 나보다 훨씬 어린 나이이기 때문일 수도 있었다. 하지만 사실은 어쩌면, 영원히 잊지 않으려고 만나지 않는 것이기도 했다.

다시는 만나지 못할 거니까 영원히 기억되는 거야.

다시 만난다면 우리는 서로를 기억할 수 없겠지.

다시는 만나지 못할 거니까 죽을 때까지 기억했으면 좋겠어.

모든 관계는 변하니까 영원히 변하지 않는 기억은 존재하지 않아. 아무리 좋던 순간도 끝이 있고 환멸이나 쓸쓸함이 끼어드는걸. 그런데 이 추억은 죽을 때까지 잊지 않고 싶어. 그때 우리가 느꼈던 그 두근거림, 더럽혀지지 않은 채 봉인한 추억, 다시 만나지 않는 게 좋겠다고 생각할 때의 그 마음, 그리고 단 한 번의 문자 메시지를 마지막으로 지우지 못한 전화번호. 어떤 사람을 만난다 해도 다시 이런 순결한 추억을 남길 수 있을까.

인생에서 딱 하나 남길 수 있다면 선택하고 싶은 그런 하루. 정말 아무 사이도 아니었는데 그렇기 때문에 영원히 간직하고 싶은, 그런 이상한 데이트.

비관

　성산일출봉에 가고 싶어진 건 설문대할망이 흙을 던져서 만들어졌다든가 빨랫바구니로 썼다든가 하는 류의 설화를 듣고서였다. 서사적인 낭만에 약한 사람이라, 할망이 빨래를 한 곳이 어떤 곳인지 궁금해졌다.

　입구에는 편의점과 프랜차이즈 커피숍과 도넛 가게가 성업중이었다. GS25에서 생수를 사고, 화장실에 잠깐 들렀다. '훼미리마트 조심해라. 정신병원에서 탈출한 사람 있다' 화장실 문짝에 적혀 있는 말이 으스스했다. 손을 씻고 물기를 닦을 휴지를 찾아 연 다른 칸 문짝에도 어김없이 원한에 찬 글귀가 적혀 있었다. '훼미리마트 미친놈 죽어라' 이쯤 되자 GS25 옆에 있던 훼미리마트가 매우 궁금해지기 시작했다. 성산일출봉에서 내려온 뒤에 훼미리마트에 잠시 들러 '정신병자'를 관찰해보기로 마음먹었다.

　그림자가 긴 오후였지만 꽤 더웠다. 앞서가는 남자는 쩍쩍 달라붙는 고무샌들을 신고 팥죽처럼 땀을 흘리며, 쉴새없이 태블릿 PC로 오락을 하면서 걸었다. 아이는 그런 남자에게 계속 엉겨붙었다. 보기만 해도 더워서 눈길을 돌렸다.

　성산일출봉 정상에 도착해서 제일 높은 곳에 자리잡고, 시원한 바람을 느끼며 사방을 내려다보았다. 설문대할망이 빨래를 북적거렸을 것 같은 잔디 비탈, 빨랫감을 헹궜을 것 같은 바다. 아무 생각 없이 바라보기만 해도 아름다운 곳.

낭만을 오래 즐기기엔 관광객이 많았다. 해발 180미터 정상이라
고 적힌 표지판 옆에서, 사람들은 줄을 서서 사진을 찍었다. 아름답
지만 시끄러운 곳이었다. 설문대할망이 흙을 던질 것 같은 신화적
인 기운은 전혀 없었다. 사람들은 앞다투어 사진을 찍었고, 큰 소리
로 서로를 외쳐 불렀다. 모든 계단마다 빼곡한 사람들로 바글거렸
다. 멋을 내거나 아웃도어 차림을 한 채 서로를 찍어주기에 여념이
없는 이들 사이로 유독 수수한 여자가 보였다. 더운 날인데도 얇은
잠바를 입고, 발목까지 올라오는 레이스 양말에 무겁고 높은 통굽
샌들을 신고, 오도카니 혼자 서 있다. 팔을 뻗어 자신의 모습을 찍
어보려 애쓰다가, 옆의 사람에게 사진을 부탁한다. 제스처가 외국인
인 듯했다. 갑자기 그 여자에게 미래의 내 모습이 겹쳐 보였다.

언젠가 중년의 나는 무거운 샌들을 신고, 두리번거리다가 혼자
사진을 부탁하게 될 것이다. 이국의 거리에서.

선선한 바람이 더 많이 불어서, 내려가는 길은 상쾌했다. 훼미리
마트는 가보지 않기로 했다. 나는 보고 싶지 않았다. 그곳에 있다는
정신병자를. 나는 굳이 보고 싶지 않았다. 이국의 관광지에서 혼자
사진을 부탁하는 나를. 혹은 고무샌들을 신고 엉겨붙는 아이와 한
덩어리가 되어 걷는 나를. 팥죽처럼 땀을 흘리거나, 한여름에 레이
스 양말을 신고 외롭게 서 있거나, 삶이란 고작 둘 중에 하나다. 삶
의 더께가 쌓일수록 꿈의 세계는 멀어질 것이다.

그래서 나는 훼미리마트에서 정신병자를 확인하려는 생각을 거
두었다. 그곳에는 진짜 정신병자가 있을지도 모르기 때문에, 진짜

봉변을 당할지도 모르기 때문에. 삶은 어쩌면 화장실 벽에 적혀 있
는 낙서를 그저 재미로 받아들일 수 없는 것일지도 모른다. 관광지
를 최초로 유명하게 만든 아름다움과 신화의 기운이 시끄러운 관
광객에게 눌리는 것. 삶은 고작 그런 것일지도 모른다.

바다 끝 소파

오늘 굉장한 것을 봤어. 바다 끝에 소파가 놓여 있어! 한가롭고 소박한 제주 해안가, 보트 하나 댈 정도의 아주 작은 선착장 맨 끝에, 세 사람 정도는 넉넉히 앉을, 푹신한 갈색 인조가죽소파가.

함덕고등학교 아이들이 가져다놓은 거래. 그 말을 듣고 나는 이 소파가 더욱더 좋아졌어. 바다 끝까지 소파를 밀고 온 소년들. 그들이 소파에 앉아서 바라본 신흥리 앞바다는 어떤 모습이었을까? 그때 나의 소원은 바다 끝 소파에 앉아서 바다를 바라보는 고등학생이 되는 거였지.

너에게 이 소파에 앉는 순간을 선물하고 싶었어. 내가 소파에 앉아서 바다를 바라보았을 때, 발끝에 펼쳐진 바다가 모두 내 것 같았는데, 그 느낌은 환희나 즐거움이 아니라 얼떨떨함에 가까웠어. 그 바다는 내가 감히 몽상조차 해본 적 없는 엄청난 행운 같았지. 너에게 이 풍경과 이 느낌을 전달할 수 있다면, 너도 비로소 알게 될 텐데. 넌 나에게 이 바다 끝 소파 같은 사람이라는 것을. 네 곁에서 나는 영원히 벅차게 바다를 바라보는 열일곱 살이 된다는 것을.

여름, 제주

바람 한줄기 불지 않는 구멍가게에 들어가 아이스크림을 산다. 땀에 젖은 수건을 목에 걸친 주인은 땀에 젖은 거스름돈을 건넸다. 선반에 놓인 초콜릿은 가운데가 움푹 들어간 형태로 녹아내리고 있다. 아이스크림을 먹으며 바다에 뛰어든다. 허리까지 잠기도록 바다로 바다로 걷는다.

나는 이 여름을 온몸으로 통과하고 있다.

털 빠진 고양이 시간

　회사에서 쉬고 싶을 때, 종종 화장실 옆에 있는 작은 다용도실을 찾았다. 한 뼘짜리 개수대 옆에 종이박스가 쌓여 있는, 사람 두 명만 들어서도 꽉 찰 만큼 좁은 공간. 휴게실이나 카페처럼 쾌적하지는 않지만, 나에게는 가장 완벽한 휴식을 보장하는 곳이다. 창문이 없어서 불을 끄면 완전히 암전. 벽에 붙은 의자에 앉아 오 분간 눈을 감는다.

　나는 그 시간들을 '털 빠진 고양이 시간'이라고 불렀다. 마치 고양이처럼 소리도 없이 웅크렸다. 그건 페르시안 고양이처럼 우아하거나 배부른 고양이처럼 만족스러운 느낌이 아니라, 듬성듬성 털이 빠진 고양이처럼 스스로도 몹시 애처로운 웅크림이었다.

　여행지에서도 털 빠진 고양이 시간을 갖는다. 건물을 빙 두른 물처럼 고요하던 제주도립미술관에서, 명상의 방 한켠에 몸을 누이고 졸음과 생각 사이에 잠시 머물렀던 지니어스로사이에서, 둥근 유리 창문을 통해 햇빛이 부서지던 서귀포 기적의 도서관에서, 작은 소파 두어 개가 열람석의 전부였던 삼달리마을 도서관에서. 미술품과 책 사이를 걷다가 구석의 소파에 앉아 몸을 작게 웅크리고, 눈을 가늘게 감고 졸음에 빠져든다. 잠깐의 털 빠진 고양이 시간 후, 나는 따끈하고 느긋해진다. 비 맞은 고양이가 수프를 한 접시 먹고 타월에 털을 말린 후 정신을 차리는 것처럼.

　더 좋은 것, 더 새로운 것을 보기 위해 쉬지 않고 걷지만, 가끔 멈추어서 눈을 감을 때 비로소 내 안에서 그런 것들은 추억이 되었다. 잠시 눈을 감고 있으면 그리운 사람의 얼굴이, 방금 본 아이의 미소가, 오늘 본 아름다운 것들의 잔상이 스치거나 머물렀다.

누구도 무엇도 아닌 나와 마주보는 시간. 인생에는 때로 털 빠진 고양이 시간이 필요하다. 어떤 위로도 어떤 햇빛도 필요 없는 순간. 어둠과 고요 속에서 나는 비로소 괜찮아졌다.

여행의 이유

협재리에 있는 밥 게스트하우스에 갔다. 이곳은 넓다. 마당과 독채 두엇, 돌담길과 비닐하우스를 끼고 있다. 이곳엔 재봉틀, 종이 바른 미닫이문, 옛날 반닫이 가구가 놓여 있는데, 나의 부모님 집에도 재봉틀, 미닫이문, 반닫이가 있어서, 꼭 집에 온 기분이었다. 그런 연유로 해서 짐 풀어놓은 지 한 시간도 안 되어 이곳에서 제공하는 몸뻬를 입고 너른 마루에 드러누워 내 집처럼 낮잠을 잤다.

몸뻬 차림으로 버스도 타고 협재 읍내의 약국도 들리고 해수욕장에도 갔다. 처음에는 좀 부끄러웠는데 점점 괜찮아졌다.

부지런히 다니던 하루하루의 투어를 멈추고 게스트하우스 주인인 양 머물렀다. 아침에 일어나 부엌으로 간다. 빵에 잼을 바르거나 국화차를 끓이거나 하면서 느슨하게 아침을 먹는다. 책을 읽다 잠이 들고, 잠에서 깨면 점심이다. 투숙객이 사 온 소라를 씻어 회로 먹는다. 낮술을 마시고 마루에 누워 음악을 들으며 한정 없이 마당을 바라본다. 저녁엔 협재포구까지 낙조를 보러 갔다가 돌아와서 문어와 갓 찐 감자를 먹는다. 사장님의 제주 친구들이 모여 작은 음악회를 열고, 마루 한쪽 널빤지를 치우면 나타나는 족욕탕에 발을 담근다. 여름 밤바다를 한 바퀴 돌고 와서 잠이 들었다.

앞문으로 들어와 뒷문으로 빠져나가는 바람을 온몸으로 느끼며, 머리를 텅 비운 채 빈 마루에 누워 음악을 듣는 일이 얼마만이더라.

사람이 살기 위해서 무엇이 필요할까?

그냥 사는 것 말고, 이게 사는 거구나, 라고 느끼기 위해서.

가끔 우리는 삶을 다 내려놓고 바람과 음악만을 느낄 수 있는 곳에 가기 위해 교통비와 숙박비를 지불한다. 잠시나마 일상의 모든 것을 비운 순간에야 비로소 바람과 음악이 온전히 나를 채웠다. 아무 생각도 하지 않고 아무 일도 하지 않았는데 충만해지는 느낌. 좋은 경치를 보거나 색다른 경험을 하기 위해서가 아니라, 단지 내 몸을 관통하는 바람과 내 귀에 가득한 음악을 느끼기 위해 떠난다. 여행은 나에게 그런 것이었다.

올림푸스 카메라

내가 하고 많은 카메라 중 올림푸스 카메라를 구입하게 된 건 일본 올림푸스 광고 때문이다. 카피는 다음과 같다. '그 사람의 사진이 갖고 싶어서 친구들 모두의 사진을 찍고 있다. 마음과 몸, 인간의 전부.'

마음과 몸은 인간의 전부. 마음을 확인하면 육신을 탐하고, 순간의 격정으로 영원을 기약한다. 사랑에 빠진 사람의 당연한 수순으로, 카메라가 갖고 싶었다. 잠시의 황홀을 길게 간직하기 위해, 가슴을 두근거리게 하는 매혹의 실체를 증거하기 위해, 소유할 수 없는 풍경을 소유하기 위해.

결과물은 생각보다 만족스럽지 못했다. 내가 기대한 사진은 이게 아닌데. 역시 DSLR을 샀어야 했던 것인가. 액정 화면과 풍경을 번갈아 바라보며 스스로의 사진 실력은 망각한 채 연장 탓을 해댔지만, 이 카메라가 나에게 준 건 결과물로서의 사진이라기보다 찍는 순간 그 자체였다는 것을 기억하고 싶다. 바람 부는 날 흔들리는 해안선을 포착하고, 나무쟁반에 단정히 얹힌 삼각 토스트를 찍고, 소용돌이치는 구름이 가득한 하늘을 담는 것. 사랑하는 마음을 반지로 확인하듯이, 흘러가는 아름다운 순간에 카메라로 나만의 도장을 찍는 순간의 기쁨.

사진을 찍히면 영혼을 빼앗길까봐 두려워했던 옛날 사람들처럼, 나는 아직도 사진에는 무언가가 깃들어 있다고 믿는다. 그 무언가는 아마 피사체를 대하는 사진가의 마음이 아닐까 싶다. 김영갑이 찍은 제주는 몹시 쓸쓸해서, 여름이어도 겨울인 듯하다. 내가 가장 좋아하는 제주도 여행서인 『제주여행법』(홍창모 지음) 안의 사진은 정감이 넘치고 유머러스하다. 때로는 쌀쌀맞지만 때로는 매력적인 연인 같은 사진작가의 제주와, 저자가 나고 자라 따뜻한 기억이 가득한 제주의 차이일 것이다.

설핏 흔들리고 서툰 나의 사진들은 꼭 꿈속에서 찍은 듯했다. 사실 제주는 나에게 자주 그랬다. 잠들기 직전의 희미한 가수면처럼, 영혼이 육신을 살짝 벗어나기 직전처럼, 자주 머리를 텅 비우고 마음을 오직 공기로만 가득 채웠다. 외출복을 벗고 잠옷을 입은 사람처럼 굴었다. 얼굴의 가장 본래적인 표정이 미소라는 것을 처음 알았다. 손을 잡아도 좋고 놓아도 좋다고 생각했고, 매정하고 서툴렀던 스스로를 용서했다.

언젠가는 그런 사진을 찍고 싶다.

여행의 준비물들

<u>책, 혹은 어떤 문장들</u>

심보선의 「무화과 꿈」이라는 시를 처음 읽었을 때가 생각난다. 서점에서 산문만 계속 보다가 시집 쪽으로 갔다. 간결한 단어를 찾고 싶었다. 앞에 놓인 시집을 몇 장 들춰보다가 「무화과 꿈」이라는 시를 읽었다. 나는 곧장 이 책을 샀다. 그리고 두근거리는 마음으로 집에 갈 때까지 내내 「무화과 꿈」을 읽었다. 자기 전에도 「무화과 꿈」을 읽었다. 수첩에 「무화과 꿈」을 베껴 써두었다. 여행지의 낯선 잠자리에 혼자 모로 누워 수첩을 펼치면 「무화과 꿈」을 읽을 수 있도록.

사실 이 시는 읽으면 무척 마음이 아프기 때문에 조심해서 읽어야 한다. 물론 우리가 무엇인가를 사랑한다는 것은 좋아라 불구덩이에 빠지는 일이기도 하다.

<u>물질</u>

어느 주말의 제주에선 〈생각의 여름〉 앨범만 들었다. 이름을 들었을 때부터 끌렸다. 〈생각의 여름〉이라는 이름이 좋았다. 나직하고 꾸밈이 없는, 가볍지도 무겁지도 않은 목소리도.

스트리밍 리스트에 담긴 〈생각의 여름〉을 수십 번 재생하다가 문득 친구에게 이 음악을 선물하고 싶다고 생각했다. 〈생각의 여름〉 1집을 주고 싶다고. 하지만 이제 모두 음악을 음반으로 듣지 않으니까, 스트리밍 이용권을 선물하는 게 낫겠지. 그렇다면 역시 선물하지 않는 편이 낫겠다. 스트리밍 이용권을 선물할 바에야. 내가 선물하고 싶은 것은 스트리밍 이용권이 아니라 〈생각의 여름〉이라고 적힌 음반이니까.

같은 곡을 듣는다 해도 스트리밍은 실체가 없으니 손에 잡히지 않는다. 전자책 시대가 온다지만 전자책이 스트리밍처럼 일반화된다면 작가는 좀 슬프지 않을까. 읽는다는 행위 자체는 변하지 않지만, 책을 전자책 바구니에 담기보다는 역시 서점에서 뽑아들고, 가방에 넣고, 책장에 꽂고 싶다.

기껏 여행을 갔는데 차 없이 걷느라 한두 군데밖에 못 본다 해도, 사진과 영상으로 더 잘 볼 수 있대도, 직접 내 발을 딛던 흙길보다 나을 수 있을까. 아무리 대단한 사랑이라 해도, 나를 잡아주는 이 손이 없다면.

물질이 아닌 것들. 그러나 때로는 물질이 전부다.

니베아 크림

니베아 크림은 머리를 하나로 묶은 깨끗한 소녀 같다. 저렴한 가격에 둥글둥글 겸손한 모양, 볕에 말린 이불 같은 향기. 좀 두껍게 천천히 스며들지만 그만큼 순박하게 피부를 감싸주는 느낌.

보통의 니베아 크림은 둥글고 파란 통에 담겨 있지만, 맨 처음 내가 접한 니베아 크림에는 아버지와 아들 사진이 있고 영어 카피가 쓰여 있었다. 'BEAUTY IS A MOMENT'였던가. 아름다움은 단지 순간일 뿐이죠. 소녀의 빨간 볼, 마음 따뜻해지는 미소, 문득 스친 손등의 부드러움. 하지만 우리는 그 순간에 사로잡히는걸요.

늘 지닐 것

오 년 전 방콕에서 산 갈색 가죽쪼리. 몇 년간 이 쪼리는 나와 함께 모든 여행을 같이 다녔다.

향이 좋은 샴푸.

무게감이 전혀 없는 얇은 배낭.

고전적이고 여유롭고 지나치게 가벼운 삶이 내가 원하는 것이다.

설렘 : somewhere

난 고등학생, 대학생일 때 만화를 많이 봤어. 그때는 시간이 아주 많았어. 연휴에 대전 부모님 집에 가면 아무것도 안 하고 먹고 놀기만 하는데……. 예전의 나는 거의 365일 이런 모드였던 거지.

물론 학교를 가긴 했지만 열심히 다니지 않았고, 게다가 학교란 곳은, 공부만 하지 않으면 꽤 괜찮은 곳이야.

가방 들고 왔다갔다하면서 배고프면 학생식당 적당히 가주고, 돈 없으면 도서관 가서 책 보거나 시네마테크에서 영화를 보고, 돈 있으면 밖에 나가서 술 마시고 놀러가고……. 그런 식으로 시간은 아주 한정 없이 많았단 말이야.

만화잡지를 모두 보았고, 단행본을 마르고 닳도록 읽고, 마음에 드는 장면은 특히 백 번 천 번 반복해서 봤어. 그리고 『호텔 아프리카』. 이 만화를 처음 봤을 때, 뭐라고 해야 하지? 문화 충격? 와, 이런 사랑도 있구나. 이런 삶이 이 지구상에 있구나.

고등학생일 때는 대학에 가고 싶잖아. 근데 대학에 가도 아무것도 없거든. 뭐 술도 마시고 이러쿵저러쿵한 사건이 있기도 한데 궁극적으로는 그냥 사는 거야. 별다를 거 없다는 걸 알게 되잖아.

취직만 하면 왠지 새로운 삶이 펼쳐질 것 같지만, 회사 가보면 알잖아. 개뿔 아무것도 없다는 거. 뭐 그러면 다음 단계로 연애병 유학병 결혼병 여행병 자기계발병 등 각종 앓이가 시작되기도 하지만, 새로운 인생이라는 건 결코 펼쳐지지 않는다는 거. 그냥 껍질을 하나씩 벗거나 다른 껍질을 하나씩 쓰는 거에 불과하다는 거. 그걸 대충 아는 나이가 된 거라고 생각했어, 지금은.

근데 오늘 다시 『호텔 아프리카』를 보고 있으니까 갑자기 뉴욕에 가보고 싶어지는 거야. 그리고 지금까지 내가 계속 속았음에도 불구하고, 또 새로운 인생이 내 앞에 있을 것 같고 펼쳐질 것 같은 생각이 드는 거지.

삼십대 중반의 나이, 삶에 그토록 속았음에도 불구하고, 또 뭔가

반짝반짝 빛나는 것이, 여기 말고 다른 곳이, 뭔가 새로운 세상이,
정말로 다른 사랑이 있을 거라고 또 속는 거야. 아주 기쁘게 속는
거야.

그리고 그거 알아? 난 사실, 속는 걸 좋아하는 바보라구. 인생이
나를 몇 번을 더 속인대도, 나는 또 눈 딱 감고 '우와 저기엔 뭔가
멋진 게 있을 거 같아' 이렇게 또 속고 싶단 말이야.

그러니까 나는 이 만화가 아직도 좋아.

계란 프라이

그곳에 한 번 방문했을 뿐이지만, 단번에 내가 제일 좋아하는 게스트하우스라는 확신에 찬 칭호를 부여했다. 그리고 그 지위는 오래도록 바뀌지 않을 것 같았다.

옛집을 그대로 살려 운치 있게 개조했는데, 곳곳에 주인의 감각이 묻어났다. 쓱쓱 묶은 머리일 뿐인데 갖은 파마 염색을 촌스럽게 만들어버리고, 노점에서 무심히 집어든 스웨터 한 장으로 백화점표 브랜드보다 빛을 내는 그런 종류의 감각. 노력해도 얻기 힘든 희귀한 재능으로서의 감각이 곳곳에서 빛났다. 소탈하게 제자리를 차지하고 있는 소품과 가구와 그림이 들어찬 공간은, 채웠으되 비어 있었다.

우리집 이불보다 더 보송한 이불에 쾌적한 욕실, 널찍한 툇마루와 부엌채. 내 마음에 들지 않는 것은 하나도 없었다. 게다가 북적이지 않았다. 하루 묵으려던 일정을 휴가 전체로 늘리면서, 남에게는 알려주지 말아야지 생각했다. 그곳은 나만 알고 싶은 휴식처였다.

까맣게 탄 얼굴에 웃는 인상의 주인은 친근하되 나서거나 캐묻지 않는 편안한 성품이었다. 그의 어머니는 똑같이 웃는 얼굴이 귀여웠고, 스태프는 마음에서 우러나오는 친절함이란 어떤 것인지 온몸으로 보여주는 그런 사람이었다. 행복한 사람 곁에 있으면 행복해진다는 것은 사실이다. 나는 행복해졌다.

주인을 사장님이라고 부르는 건 나뿐이었다. 장발의 남자들이 주인을 형이라 부르며 드나들었다. 그들은 텐트를 치고 자거나 마당 수도꼭지를 틀어놓고 머리를 감았고, 밤에는 기타를 치며 노래를 불렀다. 나는 한 손님과 친구가 되었다. 계란 프라이 이야기를 지나가듯이 했는데 묵묵히 계란 프라이를 부쳐주는, 나보다 나이가 어린데도 오히려 배려를 해주는 아이였다.

그곳에서 나는 많은 것을 받았다. 사회생활과 달랐던 것은, 주지 않아도 괜찮다는 점이었다. 나는 받기만 했다. 마음 따뜻한 미소를, 툇마루의 햇빛을, 계란 프라이의 온기를, 형체가 없는 것들을. 그건 하나같이 손에 잡히지 않았다. 비웠으되 채워져 있던 순간들 덕분에, 꽉 채운 일정 없이도 나의 여행은 특별해졌다.

한 계절을 건너뛰고 그곳을 다시 찾았다. 그새 스태프도 바뀌어 있었고, 주인도 주인의 어머니도 보이지 않았다. 손님들 간에 조촐한 술자리가 벌어졌다. 중년의 손님은 삼십 분 넘게 혼자서만 말하는 류의 사람이었고, 나는 그런 사람을 좋아하지 않는다. 어린 스태프는 잠시 단둘이 있는 사이에 은근슬쩍 치근댔다. 위협적인 느낌까지는 아니었다. 단지 저렇게 젊은 나이에 이 시골에 머무르는 게 참 외로운 일이겠다 싶었다. 그리고 그런 시골에 하릴없이 머물던 나도 초라해졌다.

여행자의 낭만이 철없는 중년의 주책으로 바뀌는 건 순식간의 일이었다. 판에 박힌 생각을 떠들어대고, 무례할 정도로 술자리 참석을 강요하는 사람들 사이에서, 나는 더이상 그곳에 있고 싶지 않았다.

마당을 비추는 아침 햇살과 신선한 공기, 처음 발을 들였을 때부터 마음 편했던 툇마루. 짐을 싸서 나오며 한 번 더 둘러보았다. 모든 게 처음 내가 반했던 그대로였다. 하지만 그곳엔 없었다. 담담하지만 유쾌한 주인도, 독특하지만 매력적인 손님들도, 계란 프라이를 부쳐서 슬쩍 내밀던 아이도. 단지 갈 곳을 잃은 청년과 떠버리 중년만이 있었다.

그곳을 반짝이게 했던 마법은 사람에게서 나온 것이었음을 나는 비로소 알았다.

이제 그곳은 내게 더이상 최고의 게스트하우스는 아니지만, 여전히 나는 많은 것을 받았다. 한번 지나가면 다시는 오지 않을 특별한 날들, 그런 날들을 만들어준 사람들의 기억이 남아 있기에. 언젠가 다시 들르게 된다면, 아무런 기대도 실망도 없어질 때이고 싶다. 어쩌면 또다시 받을 수 있을까. 그때 내가 받게 될 것은, 비웠지만 채워진 마음일 거다.

목격자

　　금요일 마지막 비행기에서 내리자 밤이었다. 시내버스는 이미 끊겼다. 택시는 차도 사람도 불빛도 없는 길을 달렸다.

　서울에서 밤에 택시를 탈 때마다 종종 눈을 감고 딴생각에 빠지곤 했는데, 이 어둠 앞에서는 눈이 감기지 않았다. 온통 검어서 아무것도 보이지 않는 택시 창문을 응시했다. 백 마디 말보다 한 번의 침묵이 무겁게 느껴지듯, 생전 처음 겪는 적막한 밤 앞에서 나는 당황하고 있었다.

　"회사원인가?" 택시 운전사가 침묵을 깼다. "우리 딸은 스튜어디스야." "따님이 미인인가보네요." 그의 얼굴을 슬쩍 훔쳐보았다. "너무 힘들어서 그만둔다고 난리야. 집에 오면 잠만 자는 게 안쓰럽지. 몸이 그렇게 축나고, 선배들이 그렇게 무섭고, 일이 그렇게 힘든가 보더라고. 나는 회사를 안 다녀봐서 모르겠는데, 회사 다니면 정말 그런가?" "따님이 입사한 지 얼마나 됐죠? 아, 그러면 지금 한창 힘들 때네요." 딸을 걱정하는 아버지의 고민과 어설픈 회사원의 대리 인생상담이 이어지는 동안 택시는 함덕까지 한 번도 쉬지 않고 어둠을 달렸다.

　게스트하우스 주변은 인가 하나 없이 칠흑같이 어두웠다. "조심해서 여행해요." 택시에서 내리는 내게 운전사가 작별 인사를 했다. 비로소 밝은 빛 아래에서 본 그의 얼굴은 여자처럼 단정했다.

　이층침대의 이층, 생경하게 밝은 형광등 아래 누워 택시 안에서 목격한 어둠을 떠올렸다. 서울의 밤은 늘 화려하고 눈부셨는데, 방금 지나온 밤은 소리도 색채도 없었다. 원래의 밤처럼, 원래의 인간도 고요하고 적막한 존재 아니었을까. 이토록 고독한 개인이 사회라는 분주함 속에서 당황하고 힘겨운 것은 당연한 일이 아닐까. 원래 우리는 다 혼자였고, 다 캄캄했고, 다 조용했을지도 모른다. 태초의 밤이 그러했듯.

질량이 없던 밤, 내가 목격한 고독의 무게를 가늠하며 나는 침대에 그렇게 누워 있었다.

행복

성산 한방 찜질방에 갔다. 작은 황토 찜질방 하나에 남녀 샤워실, 이불 깔고 자는 마루까지, 다 합해봐야 30평도 안 되는 초미니 찜질방이다. 어둑하고 시원한 마루에 누우면 까무룩 잠이 온다. 황토방에 누웠다가 마루에서 뒹굴다가를 반복하다보면, 여행중이라는 사실을 잠시 잊고 어린 시절 할머니 집에 온 것 같은 착각에 빠진다.

주인 할머니의 솜씨와 깔끔함은 경탄스러울 지경이다. 온 집 안 구석구석 광이 나고 먼지 하나 머리카락 하나 보이지 않는다. 재봉틀로 만들어 천연 염색까지 한 찜질복을 입고, 풀 먹여 다린 홑청을 씌운 목화솜 이불을 덮고 누우면, 숙박료 만 원에 이런 호사를 누려도 되나 싶다. 할머니가 깎아주신 사과와 배를 먹으며 자식 자랑도 듣고, 직접 만든 소품들도 구경하는데 탄성이 절로 나온다. 타고난 재기, 밝은 성품, 날씬한 몸집. 할머니는 꼭 소녀 같았다.

기분좋은 새 이불의 냄새를 맡으며 잠에 빠져드는 순간 단골손님과 할머니의 대화가 들린다.

"허리는 좀 어떠세요, 할머니."

"많이 좋아졌어. 이거(허리 지지대) 대고 있어서 그나마 돌아다니지. 몸이 아파서 이제 찜질복은 못 만들어. 지금 입은 게 마지막이야."

"할아버지는 1월에 가셨죠?"

"응. 편히 갔어, 그 양반."

아침에 할머니에게 인사를 하고 찜질방을 나섰다.

"이제 가면 또 언제 보나."

"또 올게요."

"그래, 또 와. 기다릴게."

할머니는 다정하게 말하면서 내 손을 잡았다. 입꼬리를 살짝 올리며 웃는 상냥한 미소, 반짝반짝 빛나는 눈빛과 싹싹한 말투. 할머니는 정말로 소녀 같았다.

이제 할아버지는 떠나고, 할머니는 허리를 다쳤다. 고사리로 연보랏빛 물을 들인 찜질복도, 풀 먹인 보송보송한 이불도 언제까지 입고 덮을 수 있을지 모른다. 소녀같이 사랑스러운 할머니의 생기도 언젠가는 꺼질 것이다.

잠시의 행복이 썰물처럼 빠져나간 뒤 어쩔 수 없이 우리는 쓸쓸해진다. 그것이 충만했던 하룻밤, 눈부신 한순간의 대가라면, 치러야 할 것이다. 미래는 바꿀 수 없으니 순간을 즐기라는 충고들이 있지만, 질러 걱정하는 습관이 밴 나는 행복 이후에 다가올 빈손이 항상 두렵고 미리 슬펐다.

그러나 다음에도 이곳을 찾고 싶다. 사랑하는 사람도 건강한 육신도 천천히 떠나가지만 할머니의 미소는 여전히 맑았으니까. 반짝이는 불꽃이 사그라져도 불씨를 모아 화로를 만드는 사람들이 세상엔 있으니까. 모든 것이 지나가도, 나는 그 불씨로 나를 덥힐 수 있을 테니까.

구름

각자 취향이 다르겠지만, 나는 구름 취향이다. 아무리 생각해도 구름만큼 예쁜 모양이 없는 것 같아서 사진을 많이 찍었다. 떠나는 시간, 아쉬운 마음에 비행기를 찍으려다가 또 구름에 포커스를 두었다. 아이나 연인의 천진한 말이 그저 허공에 흩어지지 않고 남는 건, 하찮은 말들이 하나하나 주인공이 되어버리는 작은 기적들 때문에. 사실 내가 당신에게 반한 건 그 모습 때문이었지. 내 말을 잘 들으려고 허리를 구부리고 귀를 대던 순간. 나는 갑자기 주인공이 된 느낌이었던 거야. 그저 하늘 속에서 흩어질 구름이 내 사진에서 주인공이 된 것처럼. 새삼스럽고 평범한 것들의 기적.

서귀포시 안덕면 대평리

심야식당

딜쿠샤. 애월에 있는 이 게스트하우스에 가게 된 건 순전히 우연이었다. 차귀도에서 배낚시에 도전했던 나는 뱃멀미로 선장실에 드러눕게 되었고, 자빠진 생선꼴을 한 내가 퍽이나 안되어 보였던지, 한 배를 탔던 젊은 부부가 자신들이 잡은 고기로 같이 매운탕을 먹자고 권유하였던 것이다. 식당을 나서자 비가 오기 시작했는데, 우산도 없이 커다란 캐리어 가방을 끌고 있는 거지꼴의 나에게 차까지 태워주었다. 얼떨결에 나는 그들의 다음 목적지인 딜쿠샤로 같이 이동하게 되었다.

손님은 우리뿐이었다. 널찍한 마루는 침상을 적게 놓아 더욱 한가로웠다. 책과 노트북 사이로 털이 풍성한 고양이가 어슬렁거렸다. 샤워를 하고 나오자 저녁식사가 준비되어 있었다. 조미료를 쓰지 않은 맛깔스러운 찬들이 푸짐했다. 생맥주 기계는 영원히 끊기지 않을 것처럼 500cc 잔을 채웠다. 주인을 안쪽 가운데에 두고 사각형으로 빙 두른 바 형태의 가게, 촉수 낮은 전구와 캠핑용 난로 곁에서 모두의 뺨은 금세 장밋빛으로 물들어갔다.

심야식당 같아요.

문득 비밀을 말하고 싶어지는, 가만히 삶의 피로를 위로하는, 외롭기도 하지만 외롭지 않은. 심야식당은 그런 곳이라고 생각했다. 그리고 나는 그날 완벽한 심야식당을 목격했다. 지금 같은 순간이 다시 올까. 어떤 분위기 좋은 곳에 간다 해도 이런 느낌을 받을 수 있을까. 지금 이 공기가 아까워서, 내일이 되면 사라질까봐, 시간을 마음에 새기기 위해 좁은 식당을 계속 두리번거렸다.

놀러온 이웃이 기타를 치며 부르는 김광석의 노래를 듣고, 젊은 주인 부부의 이야기를 들었다. 갓 서른인 부부는 아직도 앳된 학생 같았다. 대학에서 만나 일찍 결혼한 이야기, 어느 날 사표를 내고 여행을 시작한 이야기, 테이블이며 침대까지 직접 만들어 딜쿠샤를 연 이야기, 캠핑카를 몰고 한라산 1100고지 눈 속에 일부러 파묻힌 이야기, 앞으로도 계속될 그들의 여행 이야기. 하루하루를 반복 그 자체로 살아온 나에게는 꿈이었던 이야기들이 그들에게는 현실이었다. 손잡아줄 서로가 있는 부부가 몹시 부러웠던 것은, 역시 심야식당은 외롭지 않기도 하지만 외롭기도 한 그런 곳이기 때문이었으리라.

다음날 아침과 점심에도 정갈한 밥상을 받았지만, 손님은 없었다. 저녁 비행기 시간까지 나는 하릴없이 심야식당에 머무르며 생맥주 기계를 마음껏 애용해주었다. 조금 무료한 듯 평화로운 그들의 오전을 부러워했다. 주인 부부의 트럭을 얻어 타고 함께 하나로마트에 갔다. 허술한 난방 탓인 듯 어린 아내는 코가 맹맹했다. 온천에 가고 싶지만 온천비가 비싸다는 이야기며, 핑크색 삼선 슬리퍼값을 아끼느라 덜 예쁜 삼선 슬리퍼를 샀다는 이야기. 그들은 간소하게 살았지만, 심야식당의 시간과 심야식당의 공간을 갖고 있었다. 매일매일 심야식당이 열리는 촉수 낮은 저녁 시간. 그리고 언제든지 심야식당 가정집 버전 또는 텐트 버전으로 변신할 캠핑카까지.

　반짝이는 눈으로 긴 여행의 계획을 말하던 아내. 언젠가는 이런 식당을 하는 것이 꿈이었는데, 라면서 웃는 남편.

　나는 그들의 삶을 응원하고 싶다.

　'딜쿠샤'는 히브리어로 '희망의 궁전'이라는 뜻이다.

카페의 기록

봄날

메이飛는 이중섭 거리에서 제일 예쁜 카페다. 서울 사람 눈에도 센스 있는 인테리어, 서울 사람 귀에도 세련된 음악, 서울 사람 입에도 착 붙는 음료와 빵이 있다. 카페의 문은 통유리로 트여 있고, 날씨가 좋은 날에는 문 전체를 활짝 열어놓는다. 노천카페에 앉아 있는 기분을 만끽하며, 멋진 노래를 들으며, 정말 맛있는 자몽에이드를 마신다.

제주에서 서울 사람의 카페에 앉아 있는 것은 여행자의 작은 행복 중 하나이지만, 가끔은 생각한다. 이런 카페 좋긴 한데, 나중에도 계속 서울 사람의 세련미가 기준이 되면 어쩌지, 서울 사람이 차린 카페만 잘되면 어쩌지.

나와 크게 관계없는 복잡미묘한 고민을 짊어지고, 다시 자몽에이드를 마시며 밖을 내다보는 봄날이다.

무지개

여행의 목적은 '와!' 하는 순간이거나 '아아아 좋다' 하는 순간이다. 가을 하늘을 반사하는 함덕바다를 보며 '와!' 하는 순간을, 서우봉 초입에 있는 그림 카페 앞에 놓인 나무의자에 앉아 흘러나오는 노래에 귀를 맡기며 '아아아 좋다'의 순간을. 차례로 흘러드는 순간과 순간들을 위해 굳이 짐을 싸서 굳이 시간을 내어온다. '와!'가 됐든, '아아아'가 됐든, 그 짧고 긴 감탄사들은 오랫동안 나를 지탱해주리라.

행복의 조작적 정의에 '그림 카페에서 자몽에이드 마시기'라는 항목을 하나 추가한다. 행복이라고 정의할 수 있는 상황의 숫자가 늘어날수록 더 다양한 빛깔로 행복해지기에 여행을 한다. 얇은 유리를 투과해 부서지는 무지개 입자의 수에 수렴할 때까지.

당근

카페놀이란 혼자 하는 여행에 내포된 본질적인 고독 혹은 궁상을 호젓한 여유로 바꾸어주는 신비로운 아이템이다. 기능적으로 정의하자면, 카페에서 음료를 주문한 뒤 마시기 직전 사진을 찍고, 음악을 들으며 밖을 내다본 뒤, 카페 안에 있는 읽을거리를 뒤적이고, 노트에 여행 일기를 쓰는 일련의 행위를 말한다.

카페놀이를 위해 카페에 구비되어야 할 것들은 다음과 같다 : 사진을 찍기에 적합한 예쁜 찻잔, 멋진 노래, 책이 비치되어 있으면 더욱 좋음.

나는 카페에서 선명한 색의 당근 주스와 귀여운 모양의 당근 케이크를 주문한다. 그리고 노트를 꺼내 펜으로 천천히 일기를 쓰기 시작한다.

'지금 나는 산방산 아래 레이지박스 카페에 앉아 있다. 창밖으로 금색 고양이가 보인다.'

그리고 지금 나는 내가 나 혼자로 존재한다는 사실을 즐기고 있다.

초콜릿 밀크

거센 바람이 옷깃을 파고드는 날이었다. 바다에 면한 카페에서 초콜릿을 뿌린 스팀밀크를 마셨다. 뜨거운 우유가 순식간에 몸을 덥혔다. 우유에 천천히 녹아드는 초콜릿이란 얼마나 부드러운 존재인가. 얌전하게 두 손으로 컵을 들고 우유와 초콜릿을 영접했다. 그 우유와 초콜릿은, 꿀꺽꿀꺽 마시던 평소의 우유와 불쾌할 정도로 달다고 느끼던 평소의 초콜릿과는 본질적으로 달랐다. 나는 그 우유와 초콜릿에 사로잡혔다. 그리고 그 뜨거운 감미를 마음껏 즐겼다. 지옥처럼 달콤하던 그 순간, 시간은 문득 영원으로 늘어났다.

음악

제주에서 페퍼톤스를 들으면 좋다. 사실 나는 아는 가수가 몇 안 되기 때문에 제주에서만 페퍼톤스를 듣는 건 아니지만, 그래도 해안 도로를 달리는 순간 페퍼톤스만큼 어울리는 노래가 또 있을까 하면서 오늘도 페퍼톤스를 듣는다. 산방산에선 어김없이(산방산 바이킹을 탄 뒤 지었다는) 〈바이킹〉을 생각했고, 어둠이 찾아오면 〈노래는 불빛처럼 달린다〉를, 길을 걷는 순간에는 〈노크〉를. 버스 안에서 창밖을 바라보며 자동연상작용처럼 저장된 제주도 주크박스를 마음속으로 틀었다. 딸깍. 노래가 나온다. '서두르지 않기를, 흔들리고 물들지 않기를, 언제나 너의 그 말처럼 살아갈 수 있을까……'

■ 서귀포시 안덕면 사계리, 산방산 인근

비수기 여행법

곧 제주에 간다고 했더니 '뭐 볼 게 있느냐'는 반응이다. 그도 그럴 것이, 날이 차갑다.

"겨울에 제주도라니, 볼 게 있어? 할 게 있어?" 생각해보면 딱히 볼 것도 할 것도 없는 것 같다. "그런데 왜 가는 거야?"라는 질문에 "음, 글쎄, 왜 가는 걸까" 스스로도 대답을 찾지 못하고 우물거린다.

사실 겨울 제주에도 나름대로의 장점이 있다. 비행기값이 싸고, 관광지에 사람이 적고, 방어회가 맛있고, 햇빛이 강하지 않다. 그리고 '발길 따라 자유로이 숙소 삼만리' 여행이 가능하다.

겨울에는 웬만큼 유명한 게스트하우스들도 예약 없이 여유 있게 이용할 수 있다. 마음에 드는 게스트하우스만 골라서 일정을 짤 수 있고, 모든 예약이 당일 전화 한 통으로 가능하다. 목적 없이 제주공항에 내려 '동쪽으로 가볼까' 등의 느긋한 생각만으로 바로 숙소를 정한다. 내키는 대로 이틀 사흘을 더 묵어도 상관없고, 이동하고 싶으면 바로 짐을 싸서 다른 곳으로 떠난다.

계획해둔 동선이 아니라 발길 닿는 대로 숙소를 정하는 즉흥적이고 자유로운 일정. 변덕스러운 내 마음 하나만이 기준이 되는, 오늘 어디서 몸을 누이게 될지 한 치 앞을 알 수 없는 무계획적인 여행. 우연에 운명을 맡기는 순간에 매료되는 일. 한없이 늘어지는 것도 한없이 걷는 것도 가능한, 어디에도 얽매이지 않는 하루짜리 방랑.

이런 이유에서 나는 겨울 제주 여행을 계속 좋아하고 있다.

귤

제주도 어디가 좋아요? 라고 누군가 나에게 추천 여행지를 물으면 나는 대답하기 좀 곤란해진다. 왜냐하면 나는 다 좋았기 때문이다.

힘들게 얻은 것일수록 귀한 법. 회사 눈치보며 얻어낸 피 같은 휴가는 도착하는 순간부터 모든 평범한 행동들을 여행자의 낭만으로 둔갑시킨다. 차가 없어서 버스와 도보로 힘들게 찾아다니니 들르는 곳마다 의미 있게 느껴진다.

이런 바보 여행자에게 그래도 굳이 뭐가 제일 좋았냐고 묻는다면, "젊은 사람이 그거 어떵 알고 입언" 하며 나의 몸뻬 바지를 궁금해하던 할머니, 여름날 길 끝에서 파랗게 고개를 내민 조랑말 올레 표식, 오도카니 앉아 있던 게스트하우스 평상, 한순간 하늘을 올려다보며 느낀 마음속 청량한 바람, 한 시간에 한 대 오는 버스를 놓치고 허탈해하면서 까먹은 귤……

그런 것이 다 좋았다고 말하기에는 너무 사소해서 결국 말을 못 하게 되었다.

숲의 밤

교래로 가는 남조로 일주 버스를 탔다. 여덟시를 넘겼던가. 이미 깜깜한 밤이었다. 제주 시내에서 출발한 버스는 울창한 숲을 양옆으로 끼고 달리기 시작했다. 낮에 달리는 해안 도로도 아름답지만, 밤의 중산간도로는 어디에서도 찾아볼 수 없는 특별한 순간을 선물한다. 헤드라이트를 켜고 어두운 길을 헤치며 달리는 버스의 양옆으로 울창한 삼나무가 빽빽이 늘어서 있는데, 밤의 정취까지 더해진 이국적이고 신비로운 분위기에 절로 탄성이 나왔다. 운 좋게도 맨 앞자리여서 커다란 버스 앞유리가 꽉 차도록 밤의 숲길을 볼 수 있었다.

"완전 멋있다!" "요정 튀어나올 것 같아!" 흥분을 감추지 못하고 떠드는 우리의 말에 귀기울이던 버스 기사가 으쓱댔다. "멋있죠?" "네!" "여행 왔어요?" "네!" "낮에도 녹음이 울창해서 시원하고, 밤에는 이만한 경관 어디에도 없을 거예요. 매일 봐도 질리지가 않아요. 여기 눈 올 때 버스 타봤어요? 한번 눈이 오면 폭설이거든요. 흰 눈으로 덮인 숲과 도로는 안 본 사람에게 설명할 수 없어요. 봄, 여름, 가을, 겨울이 다 다르고 다 장관이에요. 외국 나갈 필요 없어요. 최고예요." 버스 기사의 얼굴에는 자랑스러운 미소가 가득했다.

나는 내 삶이, 내 주변이, 내가 가진 것이, 나의 매일매일이, 저렇게 자랑스럽고 뿌듯한 적이 있었던가.

나는 그 사람이 정말로 부러웠다.

서른 살

요즘 읽는 책은 무라카미 하루키의 『TV·피플』. 예전에 난 이 책의 「잠」이라는 단편을 좋아했다. 내용은 어떤 여자가 잠이 안 온다는 것이었던가⋯⋯. 좋은 책은 원래 줄거리 설명이 안 되는 것으로 해두자. 아무튼 나는 계속 「잠」을 좋아했는데 지금 읽어보니 「우리들 시대의 포크로어」가 와닿는다. 내 생각에 이 단편은 삼십대가 돼야 이해할 수 있는 것이 아닐까 싶은데⋯⋯.

요즘 맛있었던 건 영등포 송죽장의 고추짬뽕. 맵고 느끼한데 비 오는 날 맥주 한잔하면서 먹으면 와, 이건 진짜 와, 라는 말밖에 안 나와. 짜장면과 같이 먹어주세요. 그런데 이것도 왠지 서른 살 이상은 돼야 참맛을 알 것 같은 음식인데⋯⋯.

요즘 갔던 곳은 역시 또 제주도. 애월의 작은 방에 연두색 이불을 덮고 누웠다. 울부짖는 것처럼 들렸던 무시무시한 파도 소리, 통유리 벽면을 깨뜨릴 듯 거세게 달려들던 바람 소리. 여긴 원래 횟집이었다고 한다. 'SINCE 2012'라고 인쇄된 냅킨이 여전히 남아 있다. 주인은 갓 서른쯤 된 젊은 남자였다고 했다. 장사는 꽤 됐었는데, 혼자 일하고, 혼자 놀고, 혼자 술 마시고, 매일같이 혼자인 삶이 너무나 외로워서, 가게를 팔아버렸다고.

저 바람 소리를 이겨낼 체온이 없다는 것.

알겠나요, 혹시 당신이 서른이 넘었다면, 그 고독을 이해할 수 있을 것도 같은데. 산다는 건 때로는 시간의 문제니까요.

성산에서는 하얀 강아지를, 와흘에서는 검은 강아지를, 표선에서는
갈색 강아지를 봤다. 비현실적으로 귀여운 강아지에 두근거리며 사
진을 찍었다. "저런 귀여운 강아지 하나 있으면 참 좋겠다." "강아지
사서 키우면 되잖아." "으음. 그게 그렇긴 한데……." 뭔가 사고 싶고
하고 싶고 가고 싶은 것만 많은 내가 은근히 동경해온 사람이 있는
데, 최근 그 매혹의 비밀을 어렴풋이 알았다. 그는 뭔가 하고 싶고
되고 싶고 가고 싶다는 말을 하지 않았다. 그저 그것을 했고 그렇게
됐고 거기에 갔다. 내가 벙글거리며 보든 말든 타박타박 지나쳐가
는 강아지처럼, 그에게는 그런 표표함이 있었다. 나는 그를 오랫동
안 좋아할 것 같다.

서귀포시 표선면 표선리, 표선해수욕장

말

처음으로 말을 탔다. 승마장을 구경만 하려다가 특별 세일 가라는 말에 혹해 삼만 원을 내고 승마 부츠를 신었다. 조심스럽게 말 등에 올라탄 뒤 무서우니까 천천히 가달라고 부탁한다. 겁 많고 운동신경 없는 나는 노인과 어린아이와 한 조가 되었다. 말 잔등에 타고 타박타박 걷다가 제법 달리기도 하는 짧지 않은 코스 내내, 우리의 말 고삐는 승마장 직원이 쥐고 있다. 고등학생처럼 앳된 남자다. 말이 걷는 동안 한 손에 고삐를 몰아 쥐고 자유로운 다른 쪽 손으로 휴대폰을 슬쩍슬쩍 들여다보다가 말이 달리는 지점에 이르자 속도를 맞춰 뛴다. 뜀박질을 하기에는 더운 오후, 그는 내내 땀을 흘리고 있다. 목에 수건을 감고 팔토시를 했지만 까맣게 탄 목덜미며 팔뚝이 눈에 들어온다.

그가 간간이 휴대폰에 눈길을 주는 모습이 슬프다. 풍경 대신 그의 휴대폰 화면을 훔쳐보았다. 싸이월드인지 음악인지 그런 것을 검색하는 것 같다. 어린 남자가 손님에게 말을 태우는 것이 익숙해질 때까지의 시간, 그가 까맣게 탈 때까지의 시간을 생각하면 마음이 따뜻하면서도 슬프다. 고통에 적절히 익숙해지고 마침내는 굳은살이 박혀 무뎌지기까지의 시간을 나 역시 건너왔다.

그 정도의 슬픔이면 족하니까 그런 것 말고는 내 인생이 그냥 먼 곳에서 보는 해변이기를. 그 정도의 슬픔 말고는 내 인생이 아무렇지 않기를.

4월

월화수목금금금과 자정 넘긴 퇴근이 당연시되어 폭발할 지경에 이르자 긴 휴가가 주어졌다.

서울에서 직장생활을 했던 레프트핸더 게스트하우스 주인과 점심을 먹으며 두런두런 이야기를 나누었다. 대화의 내용은 나의 회사생활이 얼마나 힘든지에 대한 투정, 나는 도무지 이런 일에 어울리지 않는다는 오만, 나이는 자꾸 드는데 먹고살 기술이 없는 데서오는 불안, 직급이 올라도 능력이 안 되는 자의 한탄, 회사를 그만둘 수 없게 만드는 안정된 수입에 대한 욕심, 그만두어봤자 뾰족한수도 없고 그렇다고 딱 부러지게 하고 싶은 것도 없는 깝깝한 처지를 주절주절 늘어놓는, 해답 없는 신세한탄이 주를 이루었다.

진지하게 들어주는 주인에게 내가 얼마나 욕심만 많은지에 대한부분만 쏙 빼고 나의 수고로움과 답 안 나오는 인생 설계를 지루하게 늘어놓으며 식사를 마쳤다.

화창한 2월이었다. 짧고 쉬운 올레 21코스를 걷기로 했다. 게스트하우스 바로 옆 해녀박물관에서 출발. 공기는 맵차지만 바람은 불지 않고, 햇빛이 반짝이지만 자외선 걱정은 필요 없는, 한마디로 걷기에 완벽한 날이었다. 특별한 빛깔로 펼쳐진 세화바다를 지나고당근 수확으로 바쁜 초록의 밭둑길을 지나치면서 머릿속엔 오직한 생각뿐이었다.

'회사 다니기 싫은데 딱히 할 것도 없고 구시렁구시렁.'

그런 생각들만 하며 주머니에 손 찔러 넣고 느릿느릿 걷다보니 21코스 종점 지미봉에 다다랐다. 구좌 사는 아주머니 두 분도 지미봉을 오르고 있다. 혼자 여행 왔다니 대단하다며 추켜준다. 뭘 하느냐 물어서 회사 다닌다 하니 또 감탄을 하며 대단하다 한다. '아니 그다지 대단할 건 없는데……' 약간 얼굴이 붉어져서 부지런히 정상에 올랐다.

우도, 성산일출봉이 손에 잡힐 듯 또렷하게 보이고 발아래로는 마을과 바다가 펼쳐지는 곳. 제주 최고의 뷰 포인트로 불리기에 손색이 없다. 부지런히 광각렌즈를 들이대고, 파노라마 사진을 찍는답시고 아이폰을 180도 돌려가며 부산을 떨었다. 그렇지만 나는 알고 있었다. 이 풍광은 결코 사진으로 담을 수 없다는 것을. 두 발로 지미봉을 올라 눈으로 보고 느끼지 않는 이상 사진은 사진일 뿐이라는 것을.

넋을 놓고 셔터를 눌러대느라 시간 가는 줄 모르고 있는데, 화재감시원 초소에 있던 얼굴이 갸름한 할아버지가 이제 내려가자며 나를 재촉한다. 문 닫는 시간이 있나보다 싶어, 총총히 할아버지를 따라 하산을 시작했다.

어디에서 왔는지? 서울에서요. 서울 어디? 화곡동이요. 난 수유 살았어. 할아버지 서울에 사셨어요? 응, 여기가 내 고향이야. 여기서 태어나셨어요? 아니, 일본. 그리고 다섯 살 때 이곳 구좌읍으로 왔지. 그리고 스물넷에 서울로 갔어. 충무로 바닥에서 배우 생활이 시작됐지. 배우라고요?

그렇게 근대에서 현대로 넘어가는 세월을 온몸으로 겪어온 사람의 이야기를 들었다. 일본에서 태어나 다섯 살 때 제주로 온 그는 기예가 뛰어났다. 재능을 아깝게 여긴 사람들의 도움으로, 스물넷의 나이에 홀로 상경해 충무로에 입성했다. 잠깐씩이라도 얼굴을 비춘 영화들이 제주 시내 극장에 걸리곤 했던 그는 고향에서 알아주는 '출세한 제주 똥돼지'였다.

배우로 벌이가 신통치 않자 그는 모 선풍기 제조업체에 들어갔다. 창립멤버로 바닥부터 출발하여 영업부장을 거치며 회사를 오늘날의 대표 메이커로 키우는 데 일조한다. 돈을 벌어 땅을 사고, 조상 묘에 번듯한 비석도 세웠지만, 첫 결혼이 실패한 탓에 고향에 돌아올 때면 늘 죄인처럼 밤 비행기를 타고 왔다 한다.

그러던 중 회사 부도라는 시련이 닥쳐 모든 것을 잃은 채 혈혈단신 일본으로 떠나 파친코 일을 시작했다. 그러나 한국인을 시기한 야쿠자의 살해 위협이 계속되고, 결국 2000년 큰 교통사고로 갈비뼈 16대가 부러지는 중상을 당해 반년간 병원에서 지내게 된다. (그를 사장으로 오인한 야쿠자의 소행이었다.) 죽을 고비를 넘긴 후 일본 생활을 청산하고 서울로 돌아가지만, 어릴 때 품을 떠난 자식도 부인도 서먹했고, 서울 생활을 못 견딘 그는 결국 홀로 고향으로 돌아온다.

"그런 팔자인가봐. 쓸쓸하게 노년을 맞을 팔자."

차분히 긴 이야기를 마친 할아버지는 자신이 비석을 세운 조상의 묘에 고개를 숙여 인사를 하고 지미봉을 내려왔다. 그는 이제 지미봉 산불감시원이 되어 고향에서 여생을 보내고 있다. 나도 고개를 숙였다. 한 사람이 겪을 수 있는 최대치의 인생을 살아낸 그의 삶 앞에.

저기 종달교회 보이지? 저기서 버스 타거라. 우리는 작별했다. 손 흔들어 인사를 하고 정류장에 앉아서 버스를 기다렸다. 짧은 시간이지만 짧지 않았던 한 사람의 인생 앞에서 나는 잠시 고요했다.

그제서야 생각이 났다. 내가 회사 문제로 고민했었다는 사실. 그리고 문득 무력해졌다. 그런 건 마치 지미봉 정상에서 내려다본 바다와 육지와 섬만큼이나 아득하고 아무것도 아닌 일들이 되어갈 거라는 사실을 알았다. 불평하고 화내고 기뻐하고 사랑하는 인간들과 관계없이 그 자리에 있는 봉우리와 흐르는 물처럼, 운명은 고여 있거나 가버릴 거라고. 그래서 나는 결국 평화로워졌다. 그 모든 신산함과 영화와 모욕을 겪으면서도, 결국 그런 생이었나봐, 그렇게 중얼거리며 매일매일 지미봉을 오르내리게 되는 인생. 그게 운명에 주어지는 최대치의 형벌이라면, 견딜 만한 것 아니겠냐고.

얼마 후 나는 일본 과자 한 상자를 들고 다시 지미봉 꼭대기에 있는 할아버지를 만나러 갔다. 우리는 벤치에 앉아 과자를 나누어 먹으며 지미봉 정상 아래 펼쳐진 바다와 육지를 계속 바라보았다. 나는 많이 평화로워져 있었고 할아버지 역시 그랬다. 그때는 이미 4월이었으니까. 그렇게 봄은 왔으니까.

가족여행

　　몇 번 제주를 들락이고 나서 제주도 가족여행을 추진했다. 남들과 다른 제주의 특별한 아름다움을 나만이 보여줄 수 있으리라는 자신감에 불탔다. 유명 관광지 몇 군데만 찍어본 가족들에게 내가 사랑한 하늘과 바다를 선물해주고 싶었다.

　　모두의 시간에 맞추느라 최고 성수기에 휴가를 냈다. 길찾기 검색으로 동선별 시간을 체크해서 삼십 분 단위의 일정표를 만들었다. 전혀라고 해도 좋을 만큼 계획 없이 여행하는 나로서는 처음 있는 일이었다. '짠' 하고 펼쳐놓으면 모두 박수를 치리라. 이렇게 아름다운 곳은 아마 처음이라고 하겠지. 제주는 나의 공간이었고, 나는 나의 제주를 가족들에게 자랑하고 인정받고 싶었다.

　　하지만 출발부터 뭔가 삐걱거렸다. 렌터카를 찾는 데 꽤 시간을 지체해 점심시간을 넘겨버렸다. 엄선한 유명 맛집을 찾아갔지만 줄이 길었다. 부모님이 식당 한구석에 어정쩡하게 서 있는 모습을 보니, 낭패한 마음에 등짝에서 땀이 배어나왔다. 간신히 갈치조림이 상에 나왔을 무렵 나는 이미 지쳐 있었다.

　　가장 큰 세단을 렌트했지만 동생이 운전하기엔 불편했다. 가장 비싼 호텔을 예약했지만 외진 탓에 밤에 돌아올 때마다 진땀을 흘렸다. 가장 좋은 것들을 준비했지만 가장 좋은 것만을 누릴 순 없었다. 마음을 쓴 만큼 실망은 컸다. 최대한 많은 곳을 보여주고 싶었지만, 오전에 잠시 외출하면 나이든 부모님은 금세 호텔로 돌아와서 쉬고 싶어했다. 여기를 가고 저기를 가자며 발을 동동 구르는 나의 지휘를 모두 따라주길 바랐지만, 가족들은 나름대로 가고 싶은 곳을 주장했다. 서귀포 일대를 보고 싶은 엄마, 박물관과 올레길에 가자는 아빠, 말을 타러 가자는 동생. 한담해변과 우도에 가야 한다고 주장하는 나의 말에 일사불란하게 따르는 사람은 한 명도 없었다.

일정표는 이미 소용없어지고, 가족들의 주장을 절충하여 이곳저곳 다니면서 마음속으로는 불만스러웠다. 맛집이라는 곳들을 찾아다녔지만 입이 짧은 가족들은 녹두를 먹인 토종닭도, 두꺼운 흑돼지도 입에 맞지 않아 했다. 야외에선 가만히 서 있기만 해도 땀이 줄줄 흘렀다. 나는 까다로운 가족들과 유난스러운 여름 날씨를 원망했다.

그렇게 휴가가 끝나고 마지막날이었다. 공항에 일찍 도착해 용두암을 보려 했지만, 사진기를 잃어버릴 뻔한 소동이 겹쳤다. 나와 아빠는 사진기를 찾으러 렌터카 회사로 쫓아간 다른 가족들을 멍하니 기다렸다. "그래도 용두암 가자." "지금 어떻게 가요? 사진기 잃어버릴지도 모르고 이렇게 난리인데 어딜 가……." 나는 샐쭉해져서 아빠의 말을 무시했다.

"사진 올리려면 어떻게 해야 되지?" 아빠가 더듬더듬 스마트폰을 만졌다. "이렇게 이렇게 사진 올리고. 여기에 글을 쓰고." 사용법을 가르쳐드린 뒤 아빠가 뭘 쓰는지 곁눈질했다.

간신히 모든 일이 끝나고, 카메라를 되찾고, 가족들이 비행기에 탑승하고, 나는 마지막 하루 더 남은 휴가를 즐기기 위해 버스에 타서 한숨 돌리는데, 갑자기 아빠가 스마트폰으로 한 글자 한 글자 적던 문장이 떠올랐다.

'너무나 행복했다. 왜 이렇게 하루가 빨리 지나가는지.'

갑자기 눈물이 났다. 별것 아닌 관광지를 둘러보는 것만으로도 어린아이처럼 기뻐하던 아빠의 모습이 밟혔다. 호텔 테라스에 앉아 하염없이 밖을 내다보던 모습도.

우리가 함께한 이 휴가는 아빠에게 어떻게 기억될까.

시간을 들여 한 문장씩 쓰는 일기처럼 하루를 산다면, 길게 후회하는 일은 남지 않을 것 같다.

질문

그의 삶은 불편하다. 명색이 화가인데 그림 그릴 종이가 없어 담뱃갑 은지를 벗겨 그렸다. 사랑하는 가족이 있었지만 죽을 때까지 생이별했다. 전시회를 하려고 아내가 어렵사리 부쳐준 돈마저 사기당한 뒤, 술로 연명하다 행려병자로 죽었다. 사후 재평가된 그림값은 천정부지로 치솟았지만 위작 사기 논란에 휩싸였고, 친아들마저 그 진흙탕 싸움 속 구설에 올랐다. 우리가 손에 쥔 것들이 착각일 뿐이라고 알려주는 삶. 한번 들으면 잊으려야 잊기 힘든 강렬한 삶. 예술의 목적이 불편함과 각인이라면, 그의 삶은 상당히 예술적이다.

그의 서귀포 피난 시절 생가를 찾았다. 컴컴한 아궁이에 창문도 없는 감옥 같은 공간에 네 식구가 살았다. 그래도 인생에서 가장 행복한 시간이었다고. 숨막힐 듯 비좁은 그 단칸방을 우두커니 들여다보고 있으면 산다는 게 사치스럽다.

생가에서 십여 분 걸으면 칠십리 바닷가가 나온다. 아이들과 바닷가에서 게를 잡고, 은지 위에 그 모습을 그렸을 화가를 생각한다. 생가 벽에 발라진 종이에는 '삶은 서글프고 외롭고 그리운 것'이라는 말이 적혀 있다. 삶이 서글프고 외롭고 그립기 때문에 은지화 속 아이들과 게는 그렇게 행복했던 것일까. 물어보고 싶지만 이제 그는 없다.

두려움

"24시간 후에 죽는다고 생각하면 누구나 값진 하루를 살 수 있을 것입니다." 택시 라디오에서 흘러나오는 아나운서의 말을 들었다. 택시 안에 같이 있던 사람이 내게 물었다. 24시간 후에 죽는다면 그 시간 동안 뭘 할 거야?

곰곰이 생각했다. 미식과 쇼핑이 떠올랐지만 24시간 후에 죽는다는데 코스 요리로 시간을 쓰는 것이 아깝다. 24시간 후에 죽는데 물건을 사는 것은 의미 없다. 탈락.

일단 마사지를 받겠어. 짧은 마사지를 받아서 머리와 어깨를 시원하게 하고, 바로 제주행 비행기를 타겠어. 사랑하는 사람을 데리고 가겠어. 그리고 그와 함께 바다를 볼 거야. 바다와 하늘을 계속 보고, 오름에 오를 거야. 그래, 나는 그때 가장 행복해.

그러므로 나는 조금 겁이 났다. 마지막 24시간을 바쳐서 눈에 담고 싶은 것을 만든다는 건, 그렇게 사랑하는 대상을 만난다는 건, 어찌됐든 꽤 무서운 일이므로. 그 대상이 사람이든 장소든, 사랑을 깨닫는 순간은 어쨌든 조금 두려우므로.

자유

처음 발을 들여놓자마자 후회했다. 통나무 건물은 어설프고 추워 보였다. 화장실마저 나무로 얼기설기 지은 모습이다. 투박한 나무침대, 다 쓰러져가는 모습의 별채. 수염을 아무렇게나 기르고 지저분해 보이는 남자들, 터무니없이 제멋대로로 보이는 사람들이 오간다.

나와 맞지 않는다. 불편하고 지저분할 것이다. 피곤하니 오늘만 지내기로 하자. 제 발로 찾아온 자신을 탓하며 한쪽 침대를 차지했다.

건물 앞마당에 놓여 있던 그네를 한참 탔다. 생각보다 재미있다. 식당 겸 카페로 쓰이는 별채에 들어가보았다. 생각보다 아늑하다. 식사값을 내면 저녁을 준다기에 기대 없이 테이블에 앉았는데, 현미밥과 부대찌개와 닭볶음탕이 웬만한 맛집 못지않다.

식사를 마치고 숙소로 들어왔다. 그러고 보니, 대충 지어진 듯 보이는 화장실에서 냄새가 나지 않는다. 그러고 보니, 비치된 수건이 가정집에 걸린 것처럼 보송보송하다. 그러고 보니, 침대는 아무리 뒤척여도 소리 한번 나지 않을 정도로 단단하다. 그러고 보니, 수염이 덥수룩한 채 와락 웃던 그 사람들은 사실 수줍고 마음이 따뜻했다.

사다리를 타고 올라가 지붕에서 낮잠 자기, 큰 개들을 데리고 엄청나게 넓은 잔디밭을 산책하다 드러눕기, 대낮에 과자 한 봉지 앞에 놓고 취할 때까지 술 마시기, 빈 건물 옥상에 담요를 두르고 누워 별을 보기, 봉고차 뚜껑을 열고 상반신을 내민 채 밤바람을 맞으며 숲길을 달리기, 처음에 내가 이상하다고 생각했던 일들을 나 역시 하고 있다.

그리고 그 일들은 생각보다 훨씬 좋았다.

상식이라는 틀 밖에 존재하는 수많은 가능성들.

이제는 놓치고 싶지 않다.

구경꾼

도미토리에 묵고 싶지 않은 날, 혼자 서귀포 시내 모텔에 투숙했다. 러브호텔이라기엔 민망할 정도로 꾸밈없는 외관이 도무지 '러브'하지가 않고, 여관이라기엔 나름대로 조잡한 인테리어를 해놓은 부분 부분들이 마음에 걸린다. 미국 영화에서 본 'MOTEL'이라는 네온사인이 어울릴 것 같은 황량한 곳. 정말 마음 붙이고 싶지 않은 장소야. 이미 값을 치른 것을 후회하며 얼굴을 씻고 침대에 누웠다. 혼자 모텔 방에 드러누워 텔레비전을 보는 일은 너무 외로웠다. 혼자 모텔이라니 너무 초라해, 누가 알까 두렵네. 제 발로 들어온 주제에 내내 우울하게 뒤척이다 잠이 들었다.

그럭저럭 유명하다는 곳은 다 가본데다, 관광지를 가고 싶은 날도 아니었다. 날씨는 좋았으므로 무작정 걷기 시작했다. 이제는 문을 닫은 파라다이스 호텔 앞과 칼 호텔 산책로를 지나 천지연폭포까지. 폭포 입장권 대신 먹거리를 사서 입구 벤치에 앉았다. 말린 문어와 소프트크림을 번갈아 씹고 핥으면서 지나가는 사람들을 구경했다. 썬캡을 쓴 아줌마, 어린 딸과 늙은 아버지, 사진을 찍는 외국인들.

문득 부모님의 신혼여행 사진첩을 떠올렸다. 사진에 따르면 나의 부모님은 천지연폭포와 산방굴사에 갔다. 굽이 7센티는 되어 보이는 구두를 신은 엄마가 산방굴사 앞에서 사진을 찍었다. "엄마, 어떻게 산방굴사에 구두를 신고 올라갔어? 여기 꽤 높아서 구두 신고 오르기엔 험한데." 내 물음에 엄마는 너무 오래돼서 기억이 안 난다고 했다. 부모님의 신혼여행 숙소는 칼 호텔이었는데, 엄마는 그 사실도 기억을 하지 못했다. 엄마와 둘이 제주도에 왔을 때 내가 예약한 곳은 우연히도 칼 호텔이었고, 엄마는 이틀을 묵은 후에야 비로소 이곳이 신혼여행의 그 호텔이었음을 기억해냈다.

나도 삼십 년이 지나면 이 호텔을, 이 폭포를, 이날을 잊어버릴까.

인생은 목적 없이 흘러가고 우리는 어떤 순간 자기 인생의 구경꾼이다. 내가 나의 주인공이었을 때는 몰랐던 시간이 불쑥 찾아온다. 햇빛이 빛나고 날씨가 따스하고 크림이 달콤하더라도, 어김없이 밤이 오면 혼자 모텔 방 침대에 눕게 되겠지. 신혼여행 삼십 년 후에는 신혼여행을 잊게 되겠지. 그들의 아이인 내가 커서 사진 속 그 장소에 와서 고개를 갸웃한다. 엄마는 어떻게 구두를 신고 올라갔어? 언젠가 누군가 나에게 물어볼지도 모른다. 서귀포에서 무엇을 했어? 나는 대답하겠지. 너무 오래돼서 이제 기억이 나지 않아.

숨

추운 겨울, 뜨끈한 해수탕에 몸을 맡기고 있는데 탕 가장자리에서 한 여자가 다른 여자를 안고 있는 모습이 눈에 들어왔다. 안긴 여자는 자신의 몸을 가눌 수 없을 정도로 늙고 병들었다. 젊은 여자가 늙은 여자를 껴안다시피 해서 탕에 발을 담글 수 있도록 조심조심 몸을 돌려주고 있었다. 지난한 동작 끝에 드디어 양발을 담근 늙은 여자가 눈을 가느스름하게 뜨고 만족스러운 신음 소리를 냈다. "좋다……." 뜨끈한 물의 온도를 느끼는 마르고 주름진 발과, 그 발의 주인을 아기처럼 껴안고 지탱해주는 또다른 육신을 한동안 바라보았다.

서울에선 대중탕은커녕 찜질방도 가지 않는데, 제주에 올 때마다 꼬박꼬박 시간을 들여 탕 속에 몸을 담근다. 필요한 일만 하는 것이 일상을 효율적으로 살기 위한 법칙이라면, 필요하지 않은 일을 일부러 하는 것은 나에게 일상의 작은 숨구멍, 혹은 짧은 여행이다.

완전히 필요한 것으로만 이루어진 인생을 상상할 수 있을까. 필요하지 않은 것들이 때로 삶을 지탱한다.

좋아서 하는 일

후배를 만나 앞으로 짓고 싶은 나의 제주도 드림하우스에 대해 길게 이야기했다.

바다와 가깝지만 바닷가 집은 아니야. 천장이 높은 이층집인데, 일층은 통창을 낸 넓은 거실과 손님방이 있고, 이층은 주인 공간이야. 거실 한쪽 벽면은 내가 고른 책으로 가득 채워져 있어. 주조색은 크림색과 나무색.

냅킨 한쪽 빼곡히 평면도를 그리며 열변을 토하는 나에게 후배는 나중에 놀러가면 식사 만들어줄게요, 라고 말했고, 나는 다시 넓은 아일랜드식 조리대에 대한 망상에 빠져들었다.

긴 여행에 대한 환상과 함께 소박한 정주를 늘 꿈꾸어왔다. 사실 지금도 한곳에 머물러 살며 반복된 일상을 영위하고 있지만, 이 공간과 이 일상은 나의 드림하우스를 만들기 전 잠시 거쳐가는 여정에 불과하다고 생각했다. 나는 여기 잠시 머무를 뿐이야. 언젠가 진짜 나의 집을 지을 거야. 살풍경한 방에서 실용적으로 살아가지 않을 거야. 나는 하루하루를 내가 좋아하는 일로만 채울 거고, 나의 공간을 내가 좋아하는 것으로만 채울 거야. 그 일상을 손에 넣기 위해 나는 잠시 여기에 머물러 있는 거야.

그러니까 나의 생활은 정주민이지만 나의 마음은 유목민에 가까웠다. 그것도 원해서 하는 여행이 아닌, 무미건조한 시간을 건디고 있는 사막 횡단 같았다. 나의 집을 갖는 순간, 고인 물 같은 일상이 찬란한 순간으로 가득한 바다가 되리라고 믿었다.

아침에 일어나서 책을 읽는데 책에 그런 말이 있었다. 지금 당장 원하지 않는다면 그게 과연 좋아하는 것일까. 정확하지는 않지만 대강 이런 문장이었다.

나는 무엇무엇을 좋아한다고 생각했고 나는 무엇무엇을 하고 싶다고 생각했다. 그러나 지금 당장 그것을 하고 있지는 않으니, 정말로 좋아하는 것은 아니지 않을까. 그렇다면 정말로 그것을 할 때만 그것을 좋아한다고 말할 자격이 있을지도 모른다. 그러니까 지금 하는 것은 내가 좋아서 하는 일이라고 생각을 바꾸는 것이 좋겠다. 좋아서 하는 일, 원해서 하는 일, 그래서 내가 이 일을 하고 있다고. 아침에 일어나 직장에 가는 것도, 갑자기 벌떡 일어나 일기를 쓰는 것도, 드림하우스가 아닌 소박한 월셋집에 살고 있는 것도, 휴가가 끝나면 다시 서울로 돌아가는 것도, 전부 내가 원해서 하고 있는 일이라고.

좋아서 하는 일, 좋아하는 것으로만 채워진 인생을 항상 소망해왔다. 그렇다면 당장 내 인생을 그런 일들로만 채우겠다고.

낯선 시간

잘 지내고 계신가요? 떠난 후 한 번도 연락한 적 없고, 책을 보내드린다는 약속도 아직 지키지 못했습니다. 책은 아직 제 서랍 안에 있습니다. 나에 대한 기억이 가물가물해질 때 즈음 도착하지 않을까 싶습니다. 다른 모든 일처럼.

닷새를 머물렀고 그중 하루 낮과 저녁을 함께했습니다. 시장 골목이 슬슬 지루해질 무렵이었습니다. 한껏 밝고 명랑한, 처음 전화로 들었던 그 목소리 같은 얼굴을 처음 만났습니다. 우리는 성산을 걷기로 하고 버스를 탔습니다.

얼굴을 마주 대한 지 이십 분 만에 우울증 약을 복용하고 있다는 사실, 인생을 송두리째 뒤흔든 연애 사건이 지나간 지 얼마 안 되었다는 사실, 소소하지만 봉합될 수 없는 가족 간의 갈등에 대해 나에게 모두 털어놓았습니다. 얼마간 두려웠던 생각이 납니다. 나는 그런 솔직함에 익숙하지 않았습니다. 몇 달을 만나야 간신히 껍질 하나 벗은 모습을 보일까 말까 한 도시 깍쟁이들처럼.

올레 1코스로 진입하는 산길엔 사람이 하나도 없었습니다. 살인 사건이 일어났던 지점을 가리키는 마른 손가락. 오싹한 분위기와 거센 바람에 질려 올레 안내소로 뛰어들었습니다. 거기서 당신은 현직 게스트하우스 주인이며 제주 토박이라는 말을 하지 않고 관광객인 양 하더군요.

그제야 나는 이상한 친밀감이 들었습니다.

인생을 살면서 어쩔 수 없이 써야만 하는 껍질들에 대해 이미 알고 있을 거라고 짐작했습니다.

길을 잘못 들어 황량한 도로변으로 나오게 되었습니다. 미국 국도 여행 같다고 당신은 말했습니다. 나도 그런 느낌이 들었기에 흠칫 놀랐습니다. 검은 선글라스를 쓰고, 살짝 트고 주근깨가 있는 피부에, 흩날리는 긴 치마를 입은 당신이 곁에 있어서였을 것입니다. 우리는 끝없이 뻗어나간 미국 국도변을 더이상 걸을 수 없을 때까지 걸었습니다.

갈등이라고는 없는 내 삶이 부럽다고 했습니다. 평범한 도시의 일상을 뛰쳐나오지 말라고도 했습니다.

머리가 좋고 특별했던 당신. 좋은 학교에 갔지만 적응하지 못했던 당신. 많은 반대에도 불구하고 고향에 게스트하우스를 연 당신. 그러나 몇 가지 좌절과 몇 가지 심각했던 사건과 드러나지 않게 끊임없이 당신을 괴롭혔던 어떤 것들에 패배했던 당신. 어설픈 자유주의자도 답답한 현실주의자도 아닌 당신은, 지금까지 제가 접해보지 못했던 유형의 사람이라서, 저는 정말로 낯선 미국을 걷는 느낌이었습니다.

죽 한 그릇씩을 먹고 다시 몸을 실은 버스, 길은 이미 어두워져 있었습니다. 흙먼지가 뽀얗게 일던, 미국 국도변처럼 낯선 길들 사이로 비로소 익숙한 오름 등선과 해안선들이 보였습니다. 이곳에 불시착한 사람처럼 낯선 당신 안의 어린 소녀가 보였습니다. 그 소녀에게 주제넘은 말들을 한참 건넸던 것 같습니다. 병원에 잘 다니고, 춥게 입지 말고, 다른 남자를 만나보라고. 아직 당신은 너무나 젊고 가능성이 넘치니, 당신이 원하는 일들이 실현될 것을 믿으라고. 손님을 끌기 위해 투어를 만들고, 스태프를 어떻게 관리하고 어떻게 유지하라고. 월급 받는 일 외에 제 손으로 뭐 하나 제대로 해본 적 없는 얼치기의 말을 당신은 꼭꼭 새겨들었습니다.

그때를 떠올리면서 결국은 단 한 가지만 당부하고 싶습니다. 내가 뭐라고, 내가 누구라고, 그렇게 쉽게 새겨듣고 쉽게 받아들이지 말라고 하고 싶습니다. 터무니없이 잘 믿고, 터무니없이 마음을 잘 주고, 그렇게 하지 말라고, 걱정이 돼서 그런 말을 하고 싶은데. 끝까지 어설픈 충고에서 벗어나질 못하는 걸 보니, 당신 안에 보였던 그 작은 소녀가 아직도 내 마음에 남았나봅니다.

서랍에 넣었던 책을 꺼내서 한 줄만 썼습니다 : 미국 국도 여행을 기억하며.

기억해줄래요? 내가 진짜 미국에 간대도 그렇게 낯선 경험은 아마 다시는 못할 겁니다. 어떤 말로도 어떤 공간으로도 규정할 수 없는 당신이라는 사람.

오름의 기록

아침, 돝오름

캄캄한 새벽에 누군가 나를 깨웠다. 형체가 없는 녀석이었다. 아마 여행지의 흥분이라고들 부르는 것이겠다. 누군가의 가방이 부스럭거렸다. 고양이처럼 세수를 하고 양말을 신었다.

희끄무레한 여명을 뚫고 차가 달렸다. 오름에 도착하자 날이 밝았지만 아직 밤이슬이 묻어 있었다. 아무 말도 하지 않고 야트막한 오름을 올랐다. 아침의 공기를 투과한 나무의 냄새와 햇빛의 색깔은 평소에 알던 냄새와 색깔보다 선명했다.

봉인이 완전히 해제되지 않은 하루의 시작을 온몸으로 느꼈다.

오전, 용눈이오름

새로 산 사진기를 들고 갔다. 누군가의 사진을 흉내내볼 요량이었는데 곧 사진기를 내려놓는 편이 낫다는 것을 알게 되었다. 렌즈가 아닌 두 눈에 풍경을 담았다. 고개를 돌리면 다랑쉬, 앞을 보면 아끈다랑쉬, 한 걸음 옮길 때마다 다른 풍경이 펼쳐졌다.

오름에서 내려다본 마을도 오름의 능선도 부드러운 봄의 오전도 모두 평화로웠다. 이 오름을 몹시 사랑했던 누군가의 사진에 담긴 쓸쓸한 아름다움도 느껴졌다.

그런데 어째서 평화로운 것들은 모두 쓸쓸한 것일까.

점심, 저지오름

근처에 식당은 없었다. 초코바 하나를 나눠 먹고 출발. 6월, 제법 우거진 나무 밑으로 어찌어찌 햇빛을 피해보려 했지만 정상까지 삼십여 분간 계속 땀이 흘렀다.

정자 밑 그늘에 앉아 생수 한 병을 나눠 마셨다. 뜨거운 태양을 통과해 도달한 정상에서 시원한 바람을 맞는 일은 생각보다 훨씬 상쾌했다. 점심을 건너뛰었다는 사실도 잊고 오랜 시간 길고 긴 이야기를 나누며 우리는 서로에게 자신을 다 보여주었다. 사실 그건 내게는 좀처럼 없는 일이었다. 돌아오는 길에 부주의하게 길을 건너다가 트럭에 치일 뻔했다.

가끔 정오의 태양은 사람을 그렇게 이상하게 만든다.

오후, 병악오름

방만한 탓이었다. 그렇게 힘든 곳일 줄은 몰랐다. 운동화가 아닌 부드러운 털신을 신고 있었는데, 흙탕에 계속 미끄러져 기다시피 올랐다. 사람이 다니지 않는 길이었다. 철조망 속으로 몸을 구겨넣고, 가시덤불에 청바지를 뜯겨가며 올랐다.

정상에 오른 순간의 햇살과 바람이 무척 아름다웠는데.

나중에 기억하는 고통은 찰나처럼 느껴진다. 짧고 강한 아픔들이 드문드문 남는다. 나중에 기억하는 쾌락은 각인된다. 잊었다고 생각하지만 몸이 기억하고 있다. 나중에 기억하는 행복은 어떨까. 종종 더듬어 떠올리려 했지만 쉽게 사라졌다.

저 부드러웠던 2월의 햇살과 바람처럼.

밤. 아부오름

담요를 가져오길 잘했다. 한동안 춥지 않게 밤하늘을 바라볼 수 있었으니까. 별이 많았지만 천문학에 까막눈이어서 가르쳐줘도 곧잘 찾지 못해 애를 먹었다. 간신히 무슨 별자리인가를 한두 개 연결했다. 내가 보는 별이 수백억 광년 전의 별일 수도 있겠지. 수백억 광년, 생각의 한계를 뛰어넘는 그 무수한 시간의 흐름 속에 내가 있다.

그리고 너를 만났다.

도미토리의 시간

십여 년간 몸에 밴 직장생활의 리듬 탓이리라. 술을 마셔도, 피곤해도, 늦게 자도, 일곱시면 눈을 뜨고, 여덟시면 완전히 각성 상태가 되는 버릇이 여행지에서도 그대로다.

같은 도미토리를 쓰는 사람이 늦게까지 자는 사람이라면, 잠을 깨우고 싶지 않아서 이불 속에서 멀뚱멀뚱 누워 있다.

도미토리에서만 가능한, 멀뚱멀뚱의 시간.

습관으로 굳어진 날들에 경계선을 긋는, 비일상의 현재를 증거하는, 이 시간이 소중하다.

귀여워

직장인이 되어 처음으로 돈을 벌고 처음으로 나 홀로 여행을 갔다. 장소는 후쿠오카. 스마트폰이 없던 때였다. 백엔 버스 이용법이라든지 모모치해변 가는 길이라든지 여러 가지를 종이에 적어 준비해갔다. 처음 그곳에 발을 디뎠을 때 나는 생각했다. 나중에 나는 이런 곳에서 살고 싶다고. 서귀포에서 다시 느꼈다. 나중에 나는 이곳에서 사는 것도 좋겠다.

이불과 옷가지를 빨랫줄에 널어 가게 밖에 내다 거는 옛날 세탁소. 고색창연한 스테인드글라스가 흰 운동화 위에 무지개를 만드는 옛날 성당. 바랜 듯 잘 말린 이불 같은 거리. 3월 초에 활짝 핀 목련처럼 온화한 공기. 낡은 주공아파트에도 들장미 활짝 핀 공원과 아름다운 테니스장이 있는 여유로움. 그런 것들이 좋았다.

날 밝은 오후 네시, 널따란 사거리 대로변에 사람이라곤 나 하나뿐이라는 사실을 알았을 때 느껴지는 생경함. 혼자라는 느낌은 오직 내 방문을 걸어 닫은 후에만 느낄 수 있는 감정이었는데, 서귀포에서 나는 종종 혼자이지만 고독하지 않은 따뜻함을 느꼈다.

작은 아파트 놀이터 한쪽에 앉았다. 전화기로 노래를 틀어놓고 따라 부르는 여자애 둘을 봤다. 중학생 정도 되었을까. "조심조심스러워, 내 맘 알까 두려워, 난 몰라 몰라, 넌 너무 너무 귀여워." 노래를 따라 하다가 후렴구 '오어오' 부분을 더 큰 소리로 합창하던 그 애들은, 몇 번이고 반복해서 노래를 따라 불렀다.

　　언젠가 나도 저렇게 좋아하는 노래를 틀어놓고 친구와 몇 번이고 함께 듣던 때가 있었다. 기억 속에서 바랜 풍경을 되살아나게 만든다. 내가 이 도시를 좋아하는 이유.

적당한 정도

그곳은 언제나 만실이었다. 몇 번의 방문이 늘 겨울이었던 이유는 단지 봄, 여름, 가을에 침대가 없어서였다. 사실 겨울을 보내기에 적당한 곳이다. 따뜻한 공기, 부드러운 조명, 하늘색 면시트, 벽면 가득한 책이 있기에.

세번째 들르니 스태프의 얼굴과 침대 시트의 촉감이 익숙해짐을 느낀다. 대단히 친절하거나 재미있다고는 말할 수 없지만, 적당히 친절하고, 적당히 고요하고, 적당히 재미있고, 적당히 책이 있는 곳이다. 적어도 나에겐 그런 적당함이 편안하게 느껴진다.

그 밤, 어쩌다보니 바로 근처에 사는 이의 집에 묻어가게 되었다. 바다에 면한 집은 허름했지만 무척 정갈했다. 김을 찍어 먹는 양념간장과 물김치 따위를 안주로 내오는데, 이 역시 인상적일 정도로 맛이 좋았다. 양념간장에 김을 찍어 먹으며 아무 말도 없는 나를 내버려둔 채, 그들은 졸고 있는 개들을 옆에 끼고 두런두런 이야기를 나누었다.

(어떤 사람에 대해 말하다가) 그 형님도 (사이) 어려운 사람이지요.

(물김치 그릇을 내밀며) 제가 담근 물김치 (사이) 맛봐주세요.

(누군가 쓰레기를 정리하려 하자) 치우지 마세요. (사이) 제발.

(그가 다녀왔다는 인도에 대해 궁금해하자) 인도 (사이) 그냥 가세요.

한 문장에 꼭 사이를 두어서 이야기하는 말들. 몽롱하고 비현실적인 한밤중에, 그 말들이 간간이 귓전에 박혀 들었다.

　결국 얌전한 개를 무릎에 앉히고 쓰다듬으며, 간간이 어떤 공기들과 눈을 맞추며, 그런 이야기들과 그 '사이'들을 들었다. 아마도 적당한 정도의 술이 가진 힘일 거다. 그 밤이 내게 평생 못 잊을 밤이 된 것도.

모래 금지

함덕해수욕장에 도착한 후부터 비가 오락가락했다. 아이가 놀다 버린 장난감이 널브러져 있는 모래밭을 거닐었다. '여기가 아름답다는 함덕해수욕장이구나.' 사실 후텁지근한 와중에 꾸물꾸물 비가 오는 함덕해변은 전혀 소문처럼 아름답지 않았다. 뭐가 유명하다는 걸까. 흐린 잿빛 바다를 바라보지만 알 수 없어서 잠시 망연했다.

함덕 '서우봉' 해변이니까 서우봉을 찾아 올라가보기로 했다. 쪼리를 걸친 발이 몇 번이나 진흙에 미끄러졌다. 비와 땀에 젖은 채 가파른 봉우리를 반쯤 올랐을 때 '내가 지금 여기서 뭐하고 있는 짓인가' 류의 자조 섞인 깨달음이 찾아왔다. 멍한 기분으로 서우봉을 다시 내려오기 시작했다. 내려오는 길은 더 미끄러워서 엉덩방아를 찧을 위기를 몇 차례인가 넘겼다. 갖은 인상을 쓰며 발을 골라 딛다가 문득 고개를 들었다.

끝없이 펼쳐진 엷은 청색의 바다는 그제서야 아름다웠다.

점점 더 거세지는 비를 피해 해변 매점 지붕 밑 벤치에 앉았다. 비를 긋기 위해 주전부리를 사서, 화장실 입구가 보이는 자리에서 처량하게 맥주와 오징어를 먹기 시작했다. '반드시 모래를 털고 들어가세요' 화장실 입구에 쓰인 문구를 읽으면서 함덕해수욕장의 성수기, 아마도 약 한 달 전을 떠올렸다. 많은 사람들이 모래사장과 바다 안에 있었으리라. 태양 아래에서 함덕바다는 푸르게 빛났으리

라. 매점에는 사람이 가득하고, 화장실에는 발에 묻은 모래를 씻어
내려는 아이들이 북적였으리라. 그리고 그 모든 것이 지나간 순간
에 있지만, 나는 어쩌면 볼 수 있으리라, 해수욕장이 찬란하던 날
들을. 많은 사람들이 맥주를 마시며 모래사장과 바다를 메웠을 날
들을 더듬었다. 어쩌면 그건 나의 특기이기도 했다. 숨은그림찾기처
럼, 옛사랑의 흔적처럼, 바닷속에 가라앉은 열쇠처럼, 그렇게 없어
진 것들을 보는 일. 쇠락한 풍경 속에서 찬란했던 과거를, 이제는
지나간 날들 사이로 아름다웠던 순간을 찾는 일.

호피 몸뻬

복장 규제가 없는 회사에 다니는데도 항상 정장풍의 단정한 옷을 입는다. 딱히 그런 옷을 좋아하는 건 아니지만, 더이상 캐주얼한 옷이 어울리지 않기 때문에 어쩔 수 없는 선택이다. 휴일에는 주로 가벼운 원피스나 청바지 정도의 차림이다. 제주도에 처음 갔을 때도 원피스와 청바지를 갖고 갔다. 그리고 몇 번의 추리닝을 거쳐 현재의 몸뻬로 정착되었다.

게스트하우스에 몸뻬가 뒹굴어 다니기에 한번 슬쩍 입어보고 깜짝 놀랐다. 세상천지에 이렇게 시원하면서도 따뜻하고, 편안하면서도 시크한 옷이 있다니! 원래부터 내 옷인 양 입고 바닷가도 가고 잠도 자고 식사도 했다. 그리고 드디어 읍내까지 나갔다. 털털거리는 지프를 얻어 타고 한림읍내 한복판 보영반점에 내리자 갑자기 내 차림새가 부끄러워지기 시작했다. 몸뻬를 입은 건 우리뿐이었다. 읍내는 시골이 아니었고, 다들 청바지나 양복바지처럼 멀쩡한 차림을 하고 있었다. 몸뻬를 가리기 위해 재빠르게 착석한 뒤 중국음식 흡입을 시작했다.

간짬뽕과 사천탕수육 접시를 핥듯이 비우니 엄청난 포만감이 찾아왔다. 배가 몹시 불러서 어기적대며 걸어야 했지만 몸뻬는 그런 배마저도 넉넉히 감추어주는 센스 있고 신비로운 아이템이었다. 우리는 버스 정류장에서 몸뻬 찬양가를 부르며 서로의 모습을 촬영해주고, 각자의 블로그와 페이스북에 몸뻬 입은 사진을 자랑스럽게 올렸다. 몸뻬 차림으로 버스를 타는 일은 즐거웠다. '서울에서와 똑같은 버스일 뿐인데, 몸뻬를 입는 것 하나만으로 시골에 온 느낌이네. 한림읍이면 사실 시골도 아닌데 말이지.' 그런 생각을 하며 버스 창문을 열었다. 상쾌한 바람이 머리카락과 몸뻬 자락을 흔들었다. 아, 그렇구나. 이곳은 제주. 단정한 정장을 입지 않아도 되는 여행지였지.

그 이후 동문시장에서 블루톤의 호피 몸뻬 한 벌을 장만했고, 나의 제주 여행 복장은 호피 몸뻬로 정착되었다.

이호테우해변에서

공항으로 가던 길에 충동적으로 버스에서 내렸다. 갑자기 해수욕장에 가고 싶었다. 제주 시내에서 제일 가까운 도심 속 해수욕장, 관광객보다 제주 사람이 더 많은 이호테우해변. 노천 식당 귀퉁이에 앉아 메뉴판을 훑었다. 어떤 회가 괜찮냐고 물었더니 회는 비싸서 사 먹기 어렵지 않겠냐며 내 주머니 사정을 걱정해준다. 꼬질꼬질한 배낭을 메고 다 해진 원피스에 낡은 쪼리. 오늘 내게 어울리는 음식은 라면인가봐. 그냥 라면을 시켰다.

이호테우해변을 바라보며 먹는 라면과 맥주는 상당히 이호테우해변적인 느낌이었다. 이호테우해변적인 느낌이란 무엇인가. 일단 나는 끓인 라면과 캔맥주가 아닌, 컵라면과 병맥주를 마시고 있다. 이 컵라면과 병맥주부터가 상당히 '이호테우해변적'이다. 바로 앞 평상에 퍼질러 앉은 내 또래의 여자가 병맥주를 시키더니, 준비해온 플라스틱 찬합을 주섬주섬 열고 포도와 참외를 안주 삼아 맥주를 마시기 시작한다. 앞에 앉은 아저씨의 엉덩이를 발로 쿡쿡 찔러 참외를 건네주면서. 러닝셔츠 바람의 아저씨는 건성건성 참외를 씹으며 맥주를 마신다. 모래사장에 띄엄띄엄 펼쳐진 파라솔 테이블에 외국인 남자들이 앉아 있다. 모두 수영복 차림이다. 끊임없이 병맥주를 마시면서, 한 명씩 물에 뛰어들었다가 다시 파라솔 아래로 돌아와 또 마신다. 한쪽 끝에서는 〈강남스타일〉 노래가 반복적으로 들리고, 사람들은 그때마다 플래시몹처럼 뛰어나와 말춤을 춘다.

이런 '이호테우해변적' 풍경이 무한 반복된다.

결국은 나도 튜브를 빌렸다. 큰 밀짚모자와 선글라스를 쓴 우스운 모양새로 튜브를 탔다. 바다가 조금씩 차가워질 때까지, 내년 여름이 오기 전 모든 해변의 몫까지, 질릴 정도로 튜브를 탔다. 큰 튜브에 몸을 맡기고 떠다니다가 선글라스를 살짝 들어올려 하늘을 보았다. 해가 뉘엿뉘엿 지고 있다. 나는 곧 탈의장에서 모래를 털고, 그래도 모래를 여기저기 묻힌 채로, 21시 30분 마지막 비행기를 탈 것이다.

어느 순간부터 어중간하고 어설픈 상태들에 종종 매혹됐다. 해 떨어지면 추운 8월 끝물의 여름 바다. 모래를 묻힌 발로 밟는 도시의 공항. 힘찬 스크롤은 아니지만, 튜브 위에서 엎어졌다 뒤집어졌다하면서 발을 푸드덕거리는 것. 완전한 관광객도 완전한 현지인도 아닌 그 상태를 나는 사랑한다. 그런 순간들이 소중해진다면, 당신도 아마 나처럼 여행자일 것이다.

달팽이 여행

　제주를 혼자 여행하곤 했지만 혼자 우도는 처음이었다. 항상 누군가와 걷던 우도봉과 서빈백사를 혼자 심심하게 걸었다. 스피드 보트라도 탈까 했지만 흥이 나지 않아 그만두고, 나란히 주황색 구명조끼를 입고 차례를 기다리는 쌍쌍들을 부럽게 바라보았다. 오름, 바다, 마을, 섬 속의 섬까지 옹기종기 갖춰진 제주의 축소판 우도. 한 번도 실망한 적이 없는 곳이었는데 이번에는 도무지 재미가 없다.

　땅콩 아이스크림을 사들고 파라솔 그늘에 앉아서 지나가는 관광객을 멍하니 바라보다가 깨달았다. 우도는 제주 축소판이 아니라 관광지 축소판, 모든 관광거리를 다양하고 집약적으로 모아놓은 곳이었다.

　이곳에는 오직 관광만이 존재한다. 모자를 파는 아저씨가 트럭에 모자를 한가득 싣고 계속 앉아 있는데 삼십 분이 넘도록 그의 모자를 들여다보는 이조차 없다. 사람이 끊이지 않는 아이스크림 가게 옆에서 손님 없는 아이스크림 가게 주인이 힘없이 곁눈질한다. 검멀레해안에서 보트 태워주는 아줌마는 살이 익도록 뜨거운 태양 아래 연신 보트를 대고, 조끼를 주고, 돈을 받으며 땀을 줄줄 흘린다. 점심을 먹으려고 우도 맛집을 검색해보니 서툰 솜씨의 반복적인 칭찬 글들이 보인다. 아마도 블로그 마케팅까지 하는 것이리라.

　눈부신 경관과 섬의 낭만이 아니라, 단 하루 볼 관광객에게 밥줄을 내어 맡기는 고단함. 그날 파라솔 밑에 하염없이 앉아서 본 것이었다. 그런 게 눈에 들어오는 건, 아마도 내가 혼자이기 때문일 것이다. 관광이 아닌 삶이 닿는 건, 아마도 이 섬에서 나의 삶은 온전히 내 어깨에만 머물러 있어서일 것이다. 그러니까 혼자 여행한다는 것은 삶을 짊어지고 다닌다는 뜻이겠지. 거기까지 추측하다가 부드러운 속살을 잠시 껍질 안으로 넣어버렸다.

그러니까 혼자 여행한다는 것은 이 달팽이 껍질을 절대 뜯을 수 없다는 이야기겠지.

싱긋

탄산온천은 버스 타는 정류장이 세 개 있는데 어느 버스를
타야 할지 몰라서 헤맸다. 첫번째 정류장에서 버스를 타려 하니까
저쪽이라고 하고, 두번째 정류장에서 버스가 왔는데 저어쪽이라고
했다. 저어쪽에서 세번째 버스가 올 때까지 도합 두 시간은 족히 정
류장에 앉아 있었다. 세번째 버스가 왔다. "아저씨 사계리 가요?" 지
친 목소리로 확인하니 버스 기사가 "갑니다, 사계리"라면서 나를 향
해 싱긋 웃었다. 보통 제주 버스 기사들이 웃어주는 경우는 별로
없는데.

버스를 타고 가는 내내 바보스러웠던 나에 대한 자책 대신 훈훈
한 마음으로 여유 있게 창밖을 내다볼 수 있었다. 처음으로 알았
다. 따뜻한 미소가 지친 영혼에 미치는 위력을.

지문

　　한곳을 반복해서 여행한다는 건 한 애인을 오래 사귀는 것과 같다.

　　볕이 쨍한 날, 비가 오던 날, 바람이 불던 날, 더운 여름, 차가운 겨울, 좋았던 날도 실망스러운 날도 모두 함께였다. 처음 사귀기까지 느끼던 두근거림과 흥분, 짜릿한 행복감이, 익숙해진 후에는 몇 개의 변주를 지닌 지루함으로 변해간다.

　　제주를 몇 번이고 들락이면서
　　더이상 지명이, 풍경이, 길이 낯설지 않게 되면서
　　처음의 설렘이 가시고 익숙함이 채워지면서
　　어쩔 수 없이 오래 사귀었던 사람의 기억을 떠올렸다.

　　결혼하지 않는다면 그 연애는 무엇일까.
　　정주하지 않는다면 그 여행은 무엇일까.

　　아마 제주를 떠올릴 때마다 기억 한편으로
　　긴 머리를 한 삼십대의 내가 걸어올 것이다.
　　볕이 쨍한 날, 비가 오던 날, 바람이 불던 날, 더운 여름, 차가운 겨울, 어떤 순간이었더라도 그 한 시절 그곳에 있었다는 것을.

몇 번이고 몇 번이고 여행을 반복했다.

익숙함이 가져다주는 가장 큰 결과물은 지루함도, 소중함도 아닌,

언젠가는 이 익숙함에서 떠날 거라는 사실이고,

내가 그 익숙함에서 떠나는 순간부터 이 추억은 마치 지문처럼 나라는 사람에게 아주 깊이 박혀 들어,

결코 지워지지 않을 것이다.

무인찻집

　김영갑갤러리 두모악에 있는 손바닥만한 무인찻집. 무인계산대에 동전을 넣고 집어든 대추차와 초코파이를 달게 먹는다. 부드러운 음악이 흘러나오고, 가로로 긴 사각형 창문 가득 6월의 신록이 빛난다.

　무인찻집에 오면, 그 찻집 안에 다른 손님이 있더라도, 꼭 남의 빈집에 살며시 들어와, 남이 틀어놓은 라디오를 가만히 들으며, 살며시 차를 마시고, 살며시 나가는 느낌이 든다. 어쩐지 이곳은 아이패드와 스마트폰보다는 수첩과 펜이 어울릴 것 같다. 월요일의 찻집에는 나와 젊은 여자아이 두 명뿐이다. 나와 여자아이 둘 다 수첩과 펜을 꺼내어 무언가를 적고 있다.

　중년의 여자들이 우르르 들어와 캡슐 커피를 내렸다. 작은 무인찻집이 갑자기 북적인다. "시간 없대. 공항까지 한 시간은 걸린대. 얼른 가자." "여기 종이컵이 없는데?" "찬물 받아서 병에 넣어." "물을 타니 연한 커피가 됐네."

　부산한 그네들 속에서 한 아주머니가 찻집을 둘러보며 나직하게 중얼거린다. "여기 참 좋다. 시간이 더 있었다면 앉아서 둘러보고 가면 좋을 것 같네." 그리고 시선이 나와 여자아이의 수첩에 멎는다. "여기 혼자 와서 글도 쓰고, 라디오도 들으면 정말 좋겠다." 그가 떠난 후에도 부러움 가득했던 그의 말이 귀에 맴돈다.

　무인찻집 옆 아름드리 나무벤치에 한 청년이 누워 있다. 아까 갤러리 안에서 본 남자다. 그도 나처럼 사진에 못박힌 듯 서 있었다. 그가 나무 밑에 누워서 무슨 생각을 하는지 알 것 같은 착각에 빠졌다. 아마 내가 이곳에 올 때마다 하는 생각을 그도 하지 않을까. 나무 밑에서 하늘을 바라보는 시간의 아름다움, 펜으로 노트에 글을 쓸 수 있는 시간의 소중함. 이곳에 올 때마다 오만한 삶 속에 깃드는 어떤 경외심을 느꼈다. 아무것도 아무 말도 필요 없던 그 순간들. 신은 침묵 속에 존재했다.

안식

제주가 힐링이라느니 뭐라느니 그런 말은 낯간지러워서 좋아하지 않는다. 힘겨워서 온다는데, 뭐가 그리 유난스럽게 힘든가 싶어서 그런 엄살 같은 말이 좋아 보이질 않았다. 굳이 비행기 타고 와서까지 그럴 건 뭐람. 꼭 술 마시고 우는 사람 같아. 그렇게 우습게 여겼다.

게스트하우스에서 만난 사람이었다. 삼십대 후반 정도일까. 나에게 끊임없이 밝게 말을 걸었다. "전 제주도 처음이에요. 혼자 여행도 처음이고요. 어머, 거기 벌써 갔다 왔어요? 아, 아쉽다. 같이 가면 좋았을 텐데, 그쵸?" 본 지 얼마나 됐다고 이렇게 귀찮을 정도로 붙임성이 있을까. 나는 적당히 대꾸해주면서 한쪽 턱을 괴고 스마트폰 보기에 바빴다.

그가 씻을 준비를 하느라 잠시 말을 끊었다. 조용해졌네. 힐끗 곁눈질하다가 깜짝 놀랐다. 옷을 벗은 다리가 불덩이처럼 빨갰다. 무릎 아래 피부가 성한 곳이 없다. "사흘간 반바지 입고 걷다가 이렇게 됐어요. 그래서 병원에서 약 받아왔어요." 그가 쑥스럽게 설명한다. "세상에, 괜찮아요? 어쩌다 이렇게까지 놔뒀어요, 어쩌다." 햇빛 알레르기가 있어서 볕에 화상을 입었을 때의 따가움과 쓰라림을 겪어봤기에, 안타깝다못해 어이가 없었다. "이 정도면 잠도 못 잘 텐데요. 왜 다리가 이 지경이 되도록 놔둔 거예요!" 눈이 둥그레져서 책망하는 나에게 그가 어렴풋이 웃었다.

"따갑긴 따가운데요, 너무 많이 걸어서, 그냥 잠이 오더라고요. 그리고 정말 많이 걸어서, 다리와 발이 너무 아파서…… 햇빛 화상은 상대적으로 덜 아프던데요." 그는 안심하라는 듯 씩 웃고 욕실로 사라졌다.

무엇이 저이를 그토록 걷게 했을까. 햇빛에 피부가 다 익어 벗겨지도록, 그 따가움을 잊을 만큼 다리와 발이 부르트도록, 그렇게 걷게 했을까.

아프게 그 마음을 생각했다. 처음으로, 힘겨워서 여행을 왔다느니, 힐링이라느니, 그런 말을 수긍할 수 있을 것 같았다. 발이 부르트도록, 햇볕에 살이 익도록, 그렇게 걷는 이들에게 길 끝에서의 안식이 있기를, 비로소 바랐다.

여행자의 우주

'세계일주 짐 싸기' '장기여행 배낭' 같은 단어들을 검색하는 것을 좋아한다. 아주 긴 여행을 한다면 옷은 어떤 것을 몇 벌 가져 가야 할까. 화장품은 어디까지, 카메라는 어떤 것으로, 책은 몇 권이나 필요할까. 내가 가진 물건들 중 내 어깨에 지고 다녀야 할 것들을 하나하나 상상하며 다른 이들이 꾸린 배낭 속을 들여다보곤 했다.

여행자의 배낭 안에는 그가 살아온 전 생애가 가르쳐준 삶의 취향이 오롯이 녹아 있고, 그의 두 어깨로 온전히 견뎌내야 할 삶의 무게가 그대로 들어 있고, 그의 어떤 순간이라도 함께할 삶의 정수가 숨어 있다. 그러니까 여행자의 배낭을 본다는 건 그 인생의 모든 것을 본다는 의미이기도 하다.

아득히 넓은 우주에 비해 터무니없이 단출한 배낭을 머리맡에 놓고, 손바닥만한 침대 한켠에 누웠다. 그렇게 좁은 침대에 누워, 그렇게 가벼운 배낭 하나를 끌어안고 있으려니, 광활한 우주를 여행하는 작은 히치하이커가 된 것 같았다. 이 큰 우주에서 나의 육신과 영혼이 차지한 영토는 딱 이만큼이구나. 내 손에 나의 작은 삶을 쥐고 있음을 직시할 때 느껴지는 스스로에 대한 안쓰러움 또는 작은 안도가 교차한다.

떠나기 전 배낭을 꾸리는 일보다 떠나온 중에 배낭을 정리하는 일은 오히려 더 엄숙하고 경건하다. 티셔츠 세 벌, 낡은 후드 집업,

니베아 크림, 모자. 나는 배낭에 뭐가 들어 있는지 다 알고 있었지만, 새삼스럽게 그 물건들을 하나씩 확인하며 차곡차곡 집어넣는다. 내가 떠나온 이 새로운 세계에서 나의 전 재산은 오직 이 물건들뿐이다.

이제 나는 이 새로운 우주에서 새로운 삶을 시작한다. 침대 하나, 배낭 속 물건들만으로 이루어진, 작지만 나에게는 전부인 우주에서.

Heavy Cloud, No Rain

걸을 생각은 없었다. 잠깐 바다만 보고 오려고 했다. 바다를 보다가 오 분만 걸을까, 하고 천천히 숲길을 걸었다. 길은 계속 이어졌다. 조금만 더 가볼까, 조금만 더, 하다보니 어느새 당산봉을 가로지르고 있었다. 숲길을 지나니 생이기정 바당길이었다. 왼쪽엔 차귀도, 오른쪽엔 용수마을이 펼쳐졌다. 눈이 커지고 마음이 트이는 풍경. 빗방울이 떨어졌지만 아랑곳하지 않고 그 자리에 못박혀버렸다. 세상에 이렇게 아름다운 곳이 있구나. 이 마을 사람들은 이렇게 아름다운 풍경을 몇 번이고 보았겠지. 잠깐 샘을 내다가 궁금해졌다. 이것도 결국 아무것도 아니게 될까? 어떤 사람이 아름다운 여자를 보고 사랑하지만 끝내 그 마음이 변하는 것처럼.

아름다운 것들을 많이 봤다. 아무것도 하지 않고 한 시간쯤 바라보았던, 끝없이 펼쳐진 용수리 시골길. 보자마자 숨을 멈추어버린, 놀라운 엉알길 야경. 배에서 켠 불빛 때문에 대낮처럼 환한 밤하늘에 펼쳐지던 신비로운 밤의 구름. 하다못해 귀여운 시골 강아지까지. 어린 시절의, 처음 사랑에 빠지던 순간의, 생이 내 앞에 처음으로 펼쳐지는 경이로움을 시시각각 선물 받았다.

빗방울이 그치고 흐린 구름이 드리워지기에, 스팅의 〈Heavy Cloud, No Rain〉을 들으며 걸었다. 비는 안 오고 구름만 잔뜩. 흐린 구름이 이렇게 멋있다는 것을 처음 알았다. "I look in the sky but I look in vain. Heavy cloud, no rain." 가사와는 좀 맞지 않지만 흐린 구름을 보느라 계속 고개를 하늘로 젖히며 걸었다. 언젠가 이 흐린 구름을 보고도 별거 아니네, in vain, 허사로군, 할 때가 정말로 올까. 궁금해졌다. 몇 번을 봐야 이 풍경이 아무렇지 않게 될까. 그때까지 계속, 계속, 계속, 보러 오기로 한다. 그래서 싫증이 난다면 아, 이제야 노래 가사랑 맞네, 하면 그만이다. I look in the sky but I look in vain. Heavy cloud, no rain.

단팥빵

설날이었다. 방어나 고등어가 먹고 싶어서 일부러 모슬포까지 가서 배낭을 내려놓았지만, 식당은 문을 닫았다. 이곳이 명절에 북적이는 관광지가 아니라 명절에 쉬는 삶의 터전이라는 사실을 새삼 되짚었다.

그렇다면 관광지로 가야지.

송악산행 버스 타는 곳을 몰라 큰길까지 무작정 걷다 '제주인의 자존심' 캐치프레이즈가 걸린 킹마트에 들어갔다. 평소라면 거들떠보지도 않을 단팥빵이 너무나 맛있어 보인다. 방어나 고등어는커녕 물 한잔 마시지 못하고 허덕인 탓이겠지. 단팥빵을 달게 먹으며 걷고 또 걷다가 결국 택시를 탔다.

서른이나 됐을까. 젊은 택시 기사는 유쾌하다. "어디에서 왔어요? 명절인데 가족들 놔두고 왜 혼자 왔어요?" 따뜻하고 명랑하게 묻는다. 독신이 기혼자를 부러워하지 않아도 되는 날이 명절이라고 굳게 믿어왔는데, 갑자기 명절에 낯선 곳을 헤매는 스스로가 의아스럽다. 불현듯 가족이 보고 싶고 외롭게 느껴진다.

그는 악의가 없는 사람이었지만.

나는 바다와 숲을 볼 때 행복하다. 송악산은 바다와 숲을 동시 상영하는 곳이므로, 이곳에 오면 한 치의 의심도 없이 바로 행복해진다. 기분좋게 오르기 시작해서, 기분이 최고로 좋아질 때쯤의 절

묘한 시간차를 계산한 위치에, 맛있는 해산물 가게가 있다. 해물을
조금 주문했더니 노릇노릇하고 바삭한 파전이 공짜로 나왔다. 가게
안에는 한복을 차려입고 가족 나들이에 나선 제주도민들만 있다.

마음은 외롭거나 머쓱했고, 파전은 고소하고 따뜻했다.

산을 내려올 때쯤 약간 취한 상태여서, 편의점에 들어가 라면을
샀다. 만족스럽게 라면 국물을 들이켜고 있는 내 귓가에 "과장님!"
이라고 부르는 소리가 들린다. 설마 이 '과장님'이 나는 아니겠지.
벌건 얼굴을 들어보니 같은 회사 사람이 가족들과 다정히 서서, 혼
자 땀을 흘리며 컵라면 용기에 코를 박고 있는 나를 동그란 눈으로
바라보고 있다.

나는 갑자기 땀이 더 났다.

편의점을 나와 모슬포까지 돌아갈 길을 궁리하다 그냥 걷기로 했
다. 아이폰 지도에 출발점과 도착점을 찍었다. 해가 지지 않은 하늘
이 높았고, 날은 부드러웠다. 아이폰이 알려주는 길은 주택가가 나
왔다가 차도가 나왔다가 올레길이 나왔다가 했다. 이른 보리의 싹,
불쑥 만개한 봄꽃, 털털거리며 달리는 트럭, 긴 그림자를 끌며 달리
는 아이들, 다리가 짧은 강아지, 끝없이 펼쳐진 밭 너머 멀리 보이
는 오름. 그런 것들을 보면서 걷는 길은 길었지만 지겹지 않았다.

사실 나는 그 순간을 사랑했다.

가정집을 개조한 모슬포의 작은 게스트하우스. 주인 부부와 아기, 손님은 모두 혼자였다. 모두 같이 나가서 방어회를 사 와서, 배불리 먹으며 많은 이야기를 나누었다. 방어는 맛있었고 이야기는 즐거웠다. 아니, 그 방어는 내가 전에 먹었던 정말 맛있는 방어만큼 맛있지 않았고, 그 이야기들은 내가 전에 나누었던 정말 좋아하는 사람들과의 대화만큼 좋지는 않았다. 그렇지만 아마 영원히 그날의 방어와 그날의 대화를 잊지 못할 것 같은 건, 그 저녁에서야 나는 비로소 외롭지 않았기 때문이다.

단지 그 순간뿐이었지만.

밤

한 장소가 하나의 얼굴만 가졌다고 생각하는 것은 얼마나 단견인가.

저녁 여섯시, 본섬으로 향하는 마지막 배가 떠났다. 곳곳을 헤집던 관광객과 그들을 상대하던 상인들이, 렌터카와 스쿠터와 ATV의 소음이, 따가울 정도로 찬란하던 햇빛이 순식간에 사라졌다. 방금 전까지만 해도 이런 섬이 아니었는데. 마지막 배의 꽁무니가 시야에서 사라지기도 전에 완전히 다른 곳이 되어버린 우도가 낯설어서 주위를 두리번거렸다.

노을은 하늘 한쪽부터 덮쳐왔다. 붉거나 보랏빛 꽃이 피어나고, 풀벌레가 울기 시작했다. 손바닥을 느리게 펼치듯 마술 같은 풍경이 섬을 온통 바꿨다. 이토록 고요한 해변과 침잠하는 봉우리라니. 예상하지 못한 풍경에 잠시 당황하다가, 예상을 뛰어넘는 매력에 쉽게 굴복했다.

섬 속의 섬, 비양도에 묵었다. 우도와 비양도를 연결하는 다리를 건너, 이렇게 작은 섬에도 음식점이 있는 것에 내심 놀라면서, '해와 달 그리고 섬'에 들어갔다. 낭만적인 이름과는 달리 지극히 평범하고 기능적인 음식점이다. 성게미역국을 훌훌 떠 넘기고 들어온 숙소 역시 '등머울 펜션'이라는 분위기 있는 명칭과는 달리 '씻고 잠을 잔다'는 기능에 더없이 충실한, 상당히 현실적인 곳이었다.

이것도 좋은데. 이 섬은 나에게 충분히 비현실적이므로, 음식점과 숙소까지 낭만을 판매한다면 키치가 될 것 같아서.

누구에게랄 것 없이 중얼거리면서 섬의 밤을 목격하기 위해 방 밖으로 나왔다. 등산 의자를 빌려 담요를 두르고 앉았다. 바다가 보이는 위치가 아닌데, 바로 발치가 바다인 것처럼 파도 소리가 가까웠다. 불빛 하나 없이 캄캄해서 한 치 앞도 보이지 않는데, 밤바다를 바라보고 있는 듯한 착각에 빠졌다.

아무것도 필요하지 않았던 그 밤, 비로소 완전히 혼자가 되었다.

시간을 찾아서

제주 시내 골목길에 위치한, 가정집을 증축한 게스트하우스
였다. 골방 같은 1인실에 짐을 내려놓고 긴 한숨을 토했다. 차라리
도미토리가 낫겠네. 그런 말이 저절로 나왔다. 민트색 페인트로 칠
해진 벽과 두꺼운 쥐색 커튼은 애처로운 정신병원을 연상케 했다.
더러운 커튼이지만 마음만은 민트색이랍니다.

에어컨이 있었지만 작동하지 않았다. 창을 열자 태풍 같은 바람
이 아우성을 쳐댔다. 건물 벽을 에워싼 아름드리 나뭇가지들이 갈
퀴처럼 밀려와 몸부림치는 기세는 무서울 정도였다. 소음이라고 부
르는 편이 맞으리라. 엄청난 바람 소리가 갓 도시에서 온 여행자에
게 사정없이 겁을 줬다. 옛날식 배꼽 열쇠 하나만이 보안을 담보하
는, 그나마 그 열쇠의 효용마저 도무지 의심스러운, 허술한 나무문
짝이 성난 바람에 벌컥 열렸다. 반나체로 방심하고 있던 내가 기겁
을 하며 문을 닫은 후에도, 문은 바람의 향방에 따라 쉴새없이 덜
컹거렸다. 할 수 없이 창을 닫자 더위도 더위려니와 감옥에 갇힌 듯
한 갑갑함이 밀려왔다. 방 끝에 있던 무거운 장식장을 힘겹게 끌어
와 문을 고정시킨 뒤에야 창을 열 수 있었다.

날것으로 몰아치는 바람 소리에 적응하려 애쓰며, 여름에 특히
쾌적하지 않은 합성섬유 시트 위에 누워 또다시 한숨을 쉬었다. 편
안한 집과 쾌적한 이불깃을 놔두고 어쩌자고 여기까지 와서 이런
곳이라는 말인가. 작은 나방이 윙윙거리며 날아다니는 소리에 놀라

서 벌떡 일어났지만, 별다른 수가 없음을 깨닫고 다시 누워 나방을 바라보지 않으려고 애썼다. 물론 눈길을 돌려보았댔자 민트색 벽면과 세차게 덜컹거리는 창뿐이었다.

로비에 마련된 작은 술자리에 슬그머니 끼어 앉았다. 어떤 일정과 계획을 갖고 왔는지. 어제 다녀온 어디가 좋았으며, 내일은 어떤 곳이 좋을 것인지. 이 일정에는 이 동선이 적합하고, 여기가 마음에 들었다면 저기도 가보는 게 좋겠다는 그런 이야기들을 가만히 듣고 있었다. 다른 어떤 주제가 끼어듦도 없이, 여행한 어제를 복기하고 여행할 내일에 대해서만 말하는 순간들. 내 인생에서 오직 여행에 대해서만 이야기하는 시간이 얼마나 더 주어질까를 가늠하며.

게스트하우스나 카페에서 일하며 여행하는 많은 육지 사람들을 만났다. 행복하지 않은데 이유도 없이 버티고만 있는 사람들, 혹은 스스로 만족하는데 미완성으로 취급당하는 사람들에게, 제주는 일종의 유예 공간이다. 인생이 사회에서 권장되는 목표를 비웃는, 낭만적인 어떤 것이어야 한다고 주장하는 것은 아니다. 단지 자신이 가치 있다고 생각하는 것에 우선순위를 둘 뿐이다. 삶은 유한하기에.

낯선 침대, 낯선 바람, 낯선 시간이 존재하는 곳에서 영혼은 눈을 뜨고 소년은 사막을 건너간다. 사람들이 잠시 혹은 오래 이곳에 머무르는 건 우연이 아니었다. 멈추어볼까. 처음으로 그런 생각이 들었다. 무엇을 해도 채워지지 않았던 순간들을 메워줄 목적 없는 무익함을 찾아서, 인생이라는 긴 여행을 횡단하는 짧은 여행을 찾아서, 낯선 시간을 찾아서.

한라봉 롤케이크

몇 년쯤 줄기차게 직장생활을 한 사람이라면 공감할 것도 같은데, 사실 아무에게도 물어본 적이 없어서 정말 그럴지는 모르겠지만, 가끔 머리가 이상해지는 것 같은 때가 있다. 회사에서 어떤 일로 마음의 상처를 받는다, 사실은 아무도 무엇도 상처준 건 없다, 스스로 상처를 내고 싶고 눈물을 흘리고 싶다, 이건 비정상이다, 그러니까 나는 머리가 이상한 것 같다, 의 5단계를 거쳐 봉착하는 이론이다.

무작정 사무실을 나와 스타벅스에 들어갔다. 마음을 위무하는 짙은 녹색의 로고, 반질반질한 나무테이블, 살짝 어두운 조명, 그 모든 것이 마음에 드는 공간에서, 따뜻한 티라테를 주문했다. 그리고 문득 눈에 들어온 한라봉 롤케이크도 함께.

사실 그 한마디 때문이었을 거다. 한라봉.

찻잔을 손에 쥐고 홍차 향이 풍기는 우유를 한 모금 마신 뒤 찔끔 눈물을 흘렸다. 냅킨으로 눈물을 닦고, 한라봉 롤케이크를 뜯었다. 한라봉맛이 느껴지는, 달고 새콤한 크림이 부드러운 롤빵 속에 가득했다.

나도 모르게 슬쩍 기쁜 마음이 됐다. 한라봉 롤케이크야. 제주도 물건이네. 나 제주도 좋아하잖아. 사진 없이도 복기할 수 있을 만큼 실컷 보았던 하늘과 바다, 바람의 촉감, 낯선 길과 많은 침대들을 기억해. 그리고 한라봉.

엄마와 둘이 제주도에 갔던 그때, 길바닥에 떨어진 큼지막한 땡 귤을 줍다 놓쳤지. 내리막길을 떼굴떼굴 굴러가는 귤을 줍기 위해 마구 달리다가 허리가 끊어지도록 웃어댔지. 그때 우린 비닐로 된 비옷을 입고 있었어. 엄마는 소녀 같았고 나는 어린아이였지. 우리 는 그 귤을 기어이 주워서 호텔 욕실에 놓아두었는데, 욕실은 금세 귤 향기로 가득찼어. 엄마와 나는 한라봉 두 개를 사 와서 까먹었 는데, 그렇게 달고 맛있는 과일은 내 평생 처음이었어. 왜 이렇게 선 명할까. 그후로 오랜 시간이 흘렀음에도.

강렬하게 기뻤던 기억은 오래 간직되는 법이니까, 힘든 마음을 달래주던 한라봉 롤케이크도 오래 기억되겠지. 나중에 내가 스타벅 스가 없는 시골에서 산다 해도 이 롤케이크를 기억하지 않을까. 어 쩌면 오늘의 힘든 시간은 한라봉 롤케이크의 달콤한 새콤함을 기억 하기 위한 것일지도 몰라. 나중에 누군가에게 이렇게 말할 수 있잖 아. 좋아하는 빵이라면, 역시 스타벅스에서 파는 한라봉 롤케이크 죠. 한입 먹던 순간 퍼지던 그 새콤한 크림의 맛을 잊지 못해요. 달 지 않게 해달라고 부탁한, 심심한 티라테도요. 그건 정말 나를 위로 하는 듯한 맛이었어요, 라고. 그런 이야기를 누군가에게 들려주기 위해, 들려주지 못하더라도 스타벅스에 갔을 때 롤케이크를 보게 되면 혼자 슬며시 미소 짓기 위해. 그래서 나는 눈물을 흘렸는지도 몰라.

보목동

블로그에 많이 등장하는 유명 맛집이 되어버린 어진이네 횟집에서 물회를 먹었다. 물론 맛있긴 한데 아무튼 너무나도 시골이어서, 어떻게 이런 외진 곳까지 유명해졌을까, 잠깐 갸우뚱했다. 식사를 마친 뒤에는 보목포구를 구경하기로 하고, 하늘보리 한 병 옆에 놓고 길바닥에 주저앉아 포구를 바라보았다. 사실 서귀포 시내부터 두 시간 정도 쉼 없이 걸었기에 다리가 아파서 계속 앉아 있던 거긴 했지만, 포구를 보는 것만으로 마음이 평화로워졌다. 별다른 생각도 지루함도 딱히 없이, 해가 지는 포구를 바라보면서 한 시간을 보냈다.

무익한 시간을 흘려보낼 뿐인데 마음이 든든해지는 건, 단지 다리를 충분히 쉬게 한 탓일까.

이제 버스를 탈 차례. 버스 정류장에 앉아 삼십 분도 넘게 버스를 기다린다. 올망졸망한 여자아이 셋이 '칸쵸뿐이야, 롯데 빼빼로, 실뜨기실뜨기' 등 다양한 놀이를 하면서 시간을 보내고 있다. "중앙로터리에서 내려달라고 해야 돼." 젊은 엄마가 세 아이에게 연신 주의를 주는데, 아이들은 경쾌한 빼빼로 놀이에 맞춰 손바닥을 마주치기에 여념이 없다. "롯데 빼빼로, 롯데 빼빼로, 롯, 데, 빼, 빼, 로!" 문득 아이들의 할머니가 스쿠터를 몰고 길 건너편으로 지나간다. "할머니!" "어디 가나?" "얘들 이모네 보내요." "할머니 다녀올게요!" 아이들은 할머니를 향해 손을 흔든 뒤 다시 빼빼로의 세계로 돌아가고, 할머니도 스쿠터를 타고 자리를 떴다.

　한 시간 동안 바닥에 앉아 포구를 바라보는 일, 하염없이 버스를 기다리는 일이 이렇게 특별할 거라곤 어떤 블로그에도 쓰여 있지 않았다. 부드러운 저녁 공기 속으로 세 자매가 손바닥을 마주치는 짝짝 소리가 울려퍼질 때, 여행자를 무장해제시키는 이 작은 시골 동네의 매력에 빠졌다.

톰톰카레

가끔 한 번씩 가게 되는 게스트하우스가 있었다. 사실 마음에 드는 곳은 아니다. 일단 투숙객의 연령대가 너무 낮고, 단체로 바비큐를 하는 분위기를 즐기지 않으니 늘 서먹한데다, 시설도 열악하다. 그런데도 잊을 만하면 슬쩍 다녀온다. 아마 제주 여행의 첫 숙소였기 때문일 거라고 생각한다. 원초적인 체험처럼 각인되어 있는 장소다.

그렇게 띄엄띄엄 들르던 그곳에 아는 스태프가 있었다. 나이가 비슷하기도 했고, 몇 번 쭈뼛쭈뼛 찾아간 탓에 서로 얼굴을 아는 사이였다. 지난 계절 또 오랜만에 그곳에 들렀을 때 그는 이제 없었다. 아, 이제 그는 없구나. 왠지 다시 가고 싶은 생각이 사라졌다.

조용한 숙소에 짐을 놓았다. 해물라면집이 문을 닫았다며 카레집을 추천하기에 휴대폰 하나 달랑 들고 카레집으로 길을 떠났다. 멀지도 않고 어려운 길도 아니었지만 생전 처음 보는 시골 동네를 더듬어 찾아가는 건 낯설었다. 이런 시골에 웬 카레집이 있을까. 간판도 없이 손바닥만한 가정집 문간에서 고개를 쓱 내밀었을 때 우리는 서로를 보고 놀랐다. 그때 그 게스트하우스 스태프가 카레집 주인이 되어 있었다.

좁은 조리대가 놓인 부엌, 넓은 상 하나를 놓고 식당을 겸하는 방 한 칸. 솔직히 좀 놀랐다. 작아서 놀란 게 아니라, 그렇게 작은데도 하나도 초라하지 않아서 놀랐다. 유별나지 않으면서도 멋스럽고,

여행지의 느낌을 주면서도 편안하다. 공간은 그 사람을 닮는다던데 주인을 꼭 닮았다.

그는 내가 아는 사람들 중 가장 마음에 드는 화법으로 이야기하는 사람이다. 친절하지만 아양이 없고, 간결하지만 따뜻하다. 자신과 상대가 둘 다 편안해지는 사려 깊음. 내가 상대와 함께 나 자신으로 존재한다는 건, 아마도 저런 느낌으로 말하는 풍경이지 않을까. 어떻게 여기에 카레집을 내게 되었는지를 길게 들으면서, 나는 말의 내용보다 말하는 방식에 매료당했다. 그래, 이런 식으로 말하는 사람이었다고.

시금치와 야채 반반 카레가 나왔다. 직접 만든 생치즈를 넣은 시금치 카레, 맛이 꽉 들어찬 풍성한 야채 카레. 야무지게, 제대로 맛있는 카레였다. 헤어질 때 우리는 그다지 아쉬워하지 않고 "또 만나요"라면서 가볍게 인사하고 헤어졌다. 또 만나게 될 것을 믿었다.

먼 곳에서 온 섬

배에 탄 사람은 나까지 여자가 셋, 남녀 한 쌍이었다. 타자 마자 졸음이 몰려와 곤히 잤다. 눈을 뜨자 섬이었다. 눈발 섞인 바람이 불친절하게 불었다. 가이드북에 적힌 대로 호돌이식당에 보말 죽 한 그릇 시켜두고 섬을 걸었다.

텅 빈 섬은 글로 접했을 뿐 실제로 들어본 적 없는 소리로 가득 차 있다. 이를테면 싸락눈이 내리는 소리, 갈대가 뒤척이는 소리, 먼 곳에서 방금 당도한 파도 소리. 앞서 걷는 두 여자의 대화도 먼 곳에서 온 듯 희미하다. 비혼 여성 커뮤니티에 있다는, 네팔로 한 달간 트래킹을 다녀왔다는, 공정무역으로 생산하는 커피를 마신다는, 그런 말들이 토막토막 들려왔다. 책에서나 접했던 말들이 실재하고 있는 소리로 들려오는 건 생경한 경험이다.

죽이 끓을 시간에 맞춰 호돌이식당에 도착했다. 방바닥에 놓인 넓은 상이 정겹다. 식당 안에는 보자기를 둘러쓴 할머니와 찬을 나르는 남자, 그리고 아까 배에서 본 남녀 쌍이 있었다. 나와 두 여자까지 모두 한 상에 옹기종기 모여 앉았다. 어차피 우리는 오늘 이 섬에 다섯밖에 없는 외지인이다.

죽은 바다를 쥐어짠 듯 진했다. 고소한 참기름 냄새에 배 속이 금세 따끈해졌다. 무와 깻잎도 짜지 않고 정갈했다. 그릇 바닥까지 맛있게 비우고 나오는데 주인 할머니가 신발 신는 나를 오래도록 바라보고 있다.

"맛있어요. 다음에 또 올게요."

기약 없는 말에 할머니가 고개를 끄덕였다. 신발을 다 신고, 목도리를 두르고, 잠바 앞섶을 여미는 나를 바라보는 눈빛이 측은하다. "추워서 어째, 추워서 어째." 할머니의 솜옷이 더 추워 보이는데, 오리털 잠바에 파묻힌 내게 그 말만 반복한다. "다음에 또 올게요." 나 역시 그 말만 반복하고 돌아 나오는데, 측은한 눈빛이 오래도록 따라붙는다.

섬에서 나오는 배 안에서 졸리지도 않은데 내처 눈을 감고 있었다. 할머니랑 사진 찍을걸. 괜한 후회를 한다. 생전 처음 보는 나를 그렇게 측은하게 바라보던 할머니의 눈빛이 자꾸 생각났다. 우리는 모두 누군가의 마음을 받고 컸다. 먼 곳에서 온 것 같은, 언젠가 한번은 내게도 있었을지 모를, 그리운 마음.

꼭 한번 다시 가보고 싶은, 먼 곳에서 온 섬에, 먼 곳에서 온 할머니가 살고 있다.

오메기떡

막걸리를 곁들여 순댓국을 싹싹 비웠지만, 시장을 한 바퀴 돌아나오는 길 끝의 양손엔 어느새 주전부리가 든 검은 비닐봉투가 주렁주렁 매달려 있었다. "너무 많이 산 거 아냐?" "배부를 때 쇼핑하면 덜 산다던데 아닌가봐." "이놈의 식탐." 누구에게랄 것 없는 타박을 하며 돌아오는 길에 차가 고장났다. "차가 안 움직여." "뭐? 일단 갓길에 세워."

우리는 오도 가도 못하고 차 뒤꽁무니에서 흘러나오는 녹색 냉각수만 망연히 바라보았다. 견인차는 도무지 오지 않았다.

"할 일도 없는데 오메기떡이나 좀 먹을까?"

그리하여 우리는 도로 끄트머리에 주저앉아 오메기떡을 먹고, 목이 메지 않게 귤을 먹었다. 철조망 쳐진 도로 건너편으로 사방이 온통 푸르른 여름 저녁이었다. 회사 이야기, 친구 이야기, 시시하지만 재미있는 이야기들을 끝없이 나눴다. 불안을 가라앉혀줄 달콤한 도넛 봉투를 열었다. 한소끔 식은 오징어 튀김 역시 맛있게. 그런 것들을 하나하나 먹어가며 우리는 점차 낙관주의자가 됐다.

차가 고장날 수도 있지. 일단 이 오메기떡부터 맛보자고.

견인차에 끌려가며 우리는 깊은 잠에 빠졌다.

침묵

혼자서, 친구와, 연인과 혹은 이도 저도 아닌 사람과 여행했다. 인생을 여행과 연관짓는 흔한 비유에 기댄다면, 길을 함께한다는 건 곧 인생을 함께한다는 뜻이 된다.

모든 것이 쾌적한 습관처럼 돌아가면 우리는 서로에게 가장 좋은 얼굴만 보여준다. 태양이 빛나고 원하는 길이 펼쳐져 있을 때, 당신은 상대의 유쾌한 음성과 여유로운 마음을 볼 수 있다.

입을 다물게 되는 때는 무언가가 어긋나기 시작할 즈음이다. 반복이 지루하다지만 그처럼 편한 것이 어디 있을까. 예상이 빗나가고, 그릇되게 판단하고, 그런 자신을 불신하고, 나를 둘러싼 모든 것들이 내게 등을 돌리는 때, 나란히 선 두 사람의 입이 굳게 다물리곤 하던 그때.

단지 그의 웃음을 다시 보고 싶었다. 굳어가는 공기 사이에 따스한 바람이 불기를 바랐는데 결국 그냥 입을 닫았다. 순간순간마다 나는 광대가 되는 것 같아서.

무엇이 문제였을까. 몰랐던 탓이다. 나의 부족함을 채우는 사람이 아니라, 나의 부족함을 그저 받아들여주는 사람이 더 귀하다는 사실을. 나는 나를 광대로 만들지 않을 사람을 원한다는 사실을. 진정한 친밀감은 대화의 양이 아니라 침묵의 질에 비례한다는 사실을.

침묵의 순간이 편안한 사람과 오래도록 함께하고 싶다.

다이빙

창문에 흰 마커로 '생지옥 다이빙'이라고 적혀 있었다. 생지옥. 생각을 지우는 옥빛 바다라는 뜻이란다. 구명조끼를 입고 그냥 뛰어내리는 야매 다이빙이라는 설명에도 전혀 관심을 두지 않았다. 나는 수영도 못하고, 위험한 것도 싫고, 볕에 타면 안 되고, 여벌 옷도 없으니까. 다들 구명조끼 입고 있는데 혼자 독서를 하고 있으니, 곁에 와서 생지옥 다이빙 하는 모습을 찍은 동영상을 보여준다. 그로부터 오 분 후, 나는 이미 반바지로 갈아입고 구명조끼를 챙기고 있었다.

포구로 몰려간 사람들은 한 명씩 뛰어내렸다. 동영상으로 볼 때는 그다지 높아 보이지 않았는데, 막상 포구 끝에 서자 와락 무서웠다. 발을 동동 구르며 우스꽝스럽게 수선을 피우다가, 울 것 같은 표정으로 허공에 맨발을 디뎠다.

수영을 못하는데다 물에 익숙하지도 않다. 살갗이 물에 닿는 순간 '혹시 죽는 건 아니겠지' 싶은 과장 섞인 공포가 밀려왔다. 본능적으로 물에 떠오르기 위해 몸을 버둥거렸다. 삶은 죽음을 전제로 하는 감각이다. 바다의 짠맛에 코가 매웠지만, 살아 있다는 환희가 더 컸다. 물에 몸을 온전히 맡기고 팔다리를 편 채 편안히 수면 위로 떠오르던 순간의 쾌감은, 아마 그런 생존의 기쁨에서 비롯한 것이리라.

환희의 순간이 지나면 "나 사진 찍어줘! 내 폰으로 찍어줘!"라고 고래고래 소리지르는 내가 남는다. 소원대로 우스운 사진을 손에 넣었다. 휴대폰 버튼을 누를 때마다 옥색 바다 한가운데 사지를 펼친 채 버둥거리는 작은 바퀴벌레 같은 내가 보인다. 8월의 바다를 온몸으로 느끼던 순간. 가만히 기억할 때마다 행복해졌다.

괸당 문화가 뿌리깊어 육지 사람을 배척한다는 말도 있고, 유달리 따뜻하고 살가웠던 이들의 기억도 있다. 둘 다 사실이지 않을까 한다. 처음부터 끝까지 퉁명스럽기도, 시작부터 영원히 상냥하기도 어려운 일이니까. 인간이 그렇게 단순한 존재일까. 누군가를 섣부르게 멀리하지도 성급히 가깝게 굴지도 않으려 한다. 아마 저이들도 그럴 것이다.

◀▣ 제주시 구좌읍 종달리

산책

사려니숲길에 도착했다. 이러저러한 고민이 있을 때 혼자 걸으면 사색에 잠길 수 있는 곳이라고 들었지만, 나는 그저 해맑고 즐겁게 출발. 커다란 밀짚모자와 짧은 바지에 쪼리를 신고 눈부신 8월을 만끽하는데, 문득 사람들의 시선이 느껴졌다. 이곳은 공원이 아닌 10킬로미터가 넘는 숲길이었고, 모두 등산복 차림이다. 그래도 나는 한껏 여유로운 표정으로, 발걸음도 가볍게 걸었다. 부끄러운 옷차림을 부끄러워하는 표정을 지으면 더 부끄러우니까.

벤치에서 다리를 쉬고 있는데 한 노부부가 옆에 앉더니 먹거리를 꺼내고, 신경쓰지 않는 척 다른 곳만 보고 있는 내게 떡과 요구르트를 내민다. 덥석 받아 게눈 감추듯 먹어치우는 나를 걱정스럽게 바라본다. 아무리 낮이라도 여자 혼자이니 조심해라. 그런 신발로 발이 성하겠느냐. 옷이 불편할 텐데. 물은 갖고 있는지. 어른이 되었음에도 내게 걱정을 건네는 이들 앞에서 따뜻해지는 마음을 느낀다.

다시 걷는다. 비구름이 휙휙 지나가면서 빗방울을 뿌리고, 다시 비구름이 꾸물꾸물 물러가는 모습이 또렷하게 보인다. 깊숙이 들어갈수록 울창해지는 삼나무 숲의 비경에 탄성을 지른다. 이어폰으로 듣는 노래 가사 하나하나가 내 이야기인 것만 같아서 절로 흥이 났다가 발걸음이 느려졌다가 한다. 숲과 하늘과 약간의 걱정만으로 행복했던 산책, 산책이라기엔 좀 길었지만.

그 아이

혼자 침대에 누워 있는데 여자애가 들어왔다. 여기 사과 좀 사 왔어요, 라면서 주인 부부와 친근하게 인사를 나누는 소리를 듣고 있었다. 주근깨가 가득한 앳된 얼굴이었다. 그애는 방에 들어오자마자 쓰러져 한참을 잤다.

잠에서 깨어났을 때 방에는 우리 둘뿐이었고, 시간은 한정 없이 많았으므로, 저절로 우리는 긴 이야기를 했다. 경기도에서 살았다. 무언가 힘들었다. 제주도에 왔다. 게스트하우스 한쪽 침대에 머문다. 남의 집에 가서 세 아이를 돌보고 청소하고 음식도 만드는 일을 하루걸러 하루씩 한다. 처음에는 그저 수더분한 어린애로 알았다. 그런데 이 사람의 말에는 인상적인 울림이 있다.

지금 생각하면 별것도 아니었는데 저는 그때 굉장히 힘들었던 것 같아요.

그러다가 제주도에 왔는데 그냥 여기서 살기로 했어요.

그냥 파출부 같은 일이에요.

애들이 참 예뻐요.

그의 말은 우울하지도, 밝지도 않았다. 단지 사실의 기술로서, 그저 조금 수줍게, 그리고 천천히 말했다.

제가 좋아하는 사람이란 자신을 자신 이상으로 내세우지 않는 정직한 사람입니다, 라고 『심야식당』 작가의 말에 쓰여 있다. 자신을 나 이상으로 내세우지 않는 정직한 사람이 나도 좋다. 그래서 계속 쓴다. 잘못 쓰더라도 그냥 써나가면 된다. 그런 생각이 드는 것이다. 그 아이가 말을 수려하게 하지 못하더라도 그냥 말하는 것처럼. 삶의 부피가 두터워질수록 군더더기 없는 것들이 그리워지기에, 연필이 닳을 때까지 묵묵히.

네가 잘 지냈으면 좋겠다. 소리내어 말해본다.

가을, 제주

가을, 제주에 가면 하루에 세 번 정도 깜짝 놀란다. 아침에 일어나면 '아니 세상에 이렇게 아름다운 하루가 있다니' 깜짝. 점심 때 아무 생각 없이 밖을 나서면 '눈부신 햇빛이 기분좋을 만큼만 따사롭고, 그늘은 더없이 쾌적하고 시원하잖아' 깜짝. 그리고 저녁 바람이 뺨을 스치는 순간 또 한 번 깜짝. 뺨에 느껴진 것은, 사랑하는 사람의 손을 처음 잡았을 때 내 몸의 모든 신경이 손으로 집중되는 것 같은 행복감이다. 대체 언제 느껴본 감각이던가. 감동과 놀라움 속에 가을 제주의 하루가 천천히 저문다. 삼십육 년이나 살았는데 아직도 햇빛, 바람, 날씨 따위에 놀라는 나. 사실 이런 학습 능력이라면 영원히 기르고 싶지 않다. 내년 가을 다시 제주에 오면 또 깜짝 놀라고, 흥분으로 가슴이 쿵쾅거리고 싶다.

침대의 기록

달에 물들다

좁은 방에 이층침대 세 개, 침대마다 개인 커튼이 있다. 커튼으로 침대를 둘러싸면 아무도 들여다볼 수 없는 한 평짜리 나만의 공간이다. 침대 머리맡 선반에 립밤이며 아이폰, 책 따위를 옹기종기 얹어놓고, 한쪽에 쪼그리고 앉아 수첩을 펼쳐본다.

온통 내 물건으로 가득차 있던 넓은 집과 커다란 책상 대신, 커튼을 어설프게 둘러친 좁은 침대 구석에서 왠지 안심이 됐다. 우리는 모두 동굴 속에서 살던 이들의 후손이다. 오늘밤 이곳은 나만의 공간이고, 나만의 작은 평화다.

수상한 소금밭

너무 좋으면 선물처럼 느껴지는 경우가 있다. 수상한 소금밭이 그랬다. 그곳의 모든 것이, 말도 안 되게 다 마음에 들었다. 건물의 외관과 인테리어부터 선별된 책, 구비해둔 맥주 종류까지. 이건 혹시 (이 세계의 감각 없는 나와는 달리) 탁월한 감각을 갖춘 저쪽 세계의 내가 만든 곳이 아닐까 싶을 정도였다. 그리고 당연한 말이지만 이런 일은 정말로 흔치 않다.

모두 퇴실한 오전의 게스트하우스, 오직 나 혼자 카페에 있다. 창

밖으로 비 오는 종달리를 내다보며, 흘러나오는 음악을 한 곡 한 곡
듣고 책장에 꽂힌 책을 한 권 한 권 살피며, 이 시간을 영원히 잊고
싶지 않아서 수첩에 글자를 적으며.

월급을 받기 위해 우리는 인생의 일부를 판다. 그 대가로 나는
이 완벽한 시간을 구입했다.

마레

방에 들어가면 샤워부터 해야겠다고 생각했다. 꼬고 앉은
다리 사이로 질척이는 땀이 차올랐다. 얇고 헐거운 아사 블라우스
에 달린 소매가 갑갑하게 느껴졌다. 키가 큰 선풍기가 천천히 돌아
가고, 접수대에 놓인 종이 한 장이 힘겹게 팔락였다. 매미 소리도
차 소리도 들리지 않는 거리는 이상하게 고요해서 현실감이 없었다.
피로와 더위가 응석을 받아줄 곳을 찾지 못해 눌려 갇혀 있었다.

무거운 가방 끝만 보며 계단을 올랐다. 앞서 오르는 남자는 진공
상태에 있는 것처럼 기척도 내지 않았고 땀도 흘리지 않았다. 선크
림을 바른 얼굴이 땀으로 젖었다. 가방을 놓치지 않으려고 미끌거
리는 손에 힘을 주었다.

역광으로 어두워진 방 입구가 활짝 열렸다. 가라앉은 습기가 방
에 고여 있었다. 나는 그때까지 피로나 더위라는 단어를 한 번도 떠
올리지 않았다는 것을 알았다. 피로와 더위는 이미 신체의 일부처
럼 몸안에 스며들어 있었다.

그래서, 이 사람들은 아무것도 말하지 않아서 이 거리는 이처럼 적막한가.

흰고래

예전에 내 삶의 목표는 행복이었는데, 지금 나는 행복해지기 위해서 살지 않는 것 같다. 사실 행복이 무엇인지도 잘 모르겠다. 살아갈수록 명확히 알게 되는 것들이 적어지고, 의문만 늘어난다. 인생은 그냥 지나가고 나는 그냥 산다. 어느 순간 목적지가 의미 없어지는 여행처럼, 그저 순간순간 바람이 불다가 비가 내리는 것처럼.

멋진 풍경, 멋진 사람, 멋진 공간을 만났다. 사실은 나도 그렇게 자유롭고 거침없는 사람이고 싶었다. 푸른 바다를 헤엄치는 크고 느긋한 고래가 되고 싶었다. 과거형이 되어버린 단어들을 들여다본다. 갖고 싶었고 하고 싶었고 되고 싶었던 것들의 잔해. 풍화된 뼈 사이로 부는 모래바람을 쬔다. 비로소 현재형의 단어를 찾았다. 인생이란 want 동사의 실현이 아니라, 자신의 be 동사를 찾는 것. 존재를 찾는 것.

내일

6월. 서울은 이미 덥다. 선글라스 끼고 쪼리 끌고 비행기를 탔는데, 제주는 추웠다. 얇은 셔츠 하나로 쌀쌀한 공기를 견디다 일 찌감치 이불을 싸매고 자리에 누웠다. 도저히 버틸 수 없겠군, 내일 은 제주 시내 나가서 바람막이 하나 사 입어야지, 그러곤 '아, 내일 하루 버리겠네' 생각하다가, 잠시 놀랐다.

나는 무엇을 버리는 거지? 나는 지금 여행중인데, 옷을 사러 시 내에 나가는 것은 여행이 아닌가? 그러면 나는 옷을 사는 날을 뺀 시간 동안만 여행하는 걸까? 그렇다면 옷을 사는 시간은 나에게 무 엇일까? 그렇게 내 인생이 소중한 시간과 소중하지 않은 시간으로 나뉜다면, 나는 얼마나 많은 시간들을 그저 버리고 있는 걸까.

내가 카메라를 들이대는 건 주로 유명하거나 예쁜 것들이었지만, 정작 여행이 끝난 후 오래 기억에 남는 건 아주 사소한 것들이었다. 이를테면 내 기억 속에서 제일 뚜렷한 협재는 주차장 옆에서 정신 없이 뜯어먹던 치킨, 바다 바퀴에 흠칫흠칫 놀라며 쪼그리고 앉아 있던 검은 돌 같은 것들이다. 십여 년 전의 런던은 어떤가. 런던아이 니 테이트 모던이니 모조리 잊어버렸지만, 켄티시 타운의 슈퍼마켓 으로 가던 길과 좁은 전철 플랫폼은 선명하게 기억한다.

평범한 하루도 소중한 여행의 날들이기 때문에, 내일은 특별히 바람막이 사는 날로 지정한다. 일정은 비어도 우리는 여전히 여행 중이다.

낯선 시간 속으로

〈더 아름다워져〉라는 노래가 생각나는 세화해변.
한 시간 넘게 계속 봐도 더 아름다워져.

표선 우체국에서 백 원짜리 엽서를 사서 천천히 쓰기.
"죄송해요, 전화가 와서……."
뒤늦게 엽서를 찾는 직원에게
"괜찮아요, 저 시간 많아요."
그렇게 시간 부자가 되는 일.

서귀포 올레시장 골목의 버들집과 은하목욕탕.
여행을 와서야 비로소 찾은, 백반집에 가고 목욕탕에 가는 날것
의 일상.

풍력발전기가 돌아가는 야간의 수월봉 포구.
귀를 온통 채우는 파도 소리, 집어등이 대낮처럼 밝힌 밤하늘 속
장엄한 구름떼들.

길을 가다가 뜬금없이 꽃을 찍는 것.
그래, 단지 여행이기 때문에.

복닥거리는 시내에서 십 분도 못 가 펼쳐지는 바다.
삼겹살을 굽고 농구공을 튀기는 사람들 곁에 슬며시 앉아본다.
여름밤 탑동 방파제, 익숙한 듯 낯선 이 공기를 원했어.

비 오는 날 곶자왈 길을 잘못 들어서 같은 곳을 몇 번 돌았다.
스피아민트 껌 향기가 가득한 숲속, 여기에 온 이유는 아마도 반
드시 길을 잃기 위해서.

폐를 채우는 다른 공기.
느리게 흐르는 낯선 시간.
낯선 곳에 홀로 서서 느끼는 자신에 대한 낯선 감정.
평소와 다른 종류의 경이로움.

낯선 시간 속으로.

긴 여행

그런 상상을 해봐.
너와 내가 끝없이 여행하는 거.
아침에 눈을 뜨면 오직 어디를 갈지, 무엇을 먹을지, 무엇을 할지,
날씨와 지역과 취향과 경험과 기분을 안배하여 결정하는 작업,
오직 그런 생각만을 하는 거야.

우리는 24시간을 붙어 있을 거고
도미토리에서는 가끔 떨어져 잘 수도 있겠지만
눈을 뜨면 우리는 항상 함께일 거야.
어쩌다 서로에게 홀로 다니는 하루의 휴가를 줄 수도 있겠지.

그런 상상을 해봐.
너와 내가 끝없이 여행하는,
결국 인어공주처럼
목소리도 말도 녹아내려 거품처럼 사라질 때까지 여행하는 거.
함께였던 마음이 닳고 닳아 이가 맞물리지 않는 너무 헐거운 나
사가 될 때까지,
그렇게 여행하는 거.

뒷모습

나 역시 오랫동안 회사원이어서일 것이다. 오랫동안 회사원이었다가 게스트하우스를 차렸다는 말에 그의 얼굴을 한 번 더 들여다보게 되는 건. 크지 않은 월급, 사소한 업무, 대단할 것 없는 직업이지만, 그 지리멸렬함 때문에 회사원은 회사원의 삶을 지속하게 되기에. 안온한 일상을 벗어나기 어렵다는 사실을 알고 있기에.

"이런 데서 사시니까 참 좋죠?" 다소 철없이 던지는, 다분히 도시인의 로망 섞인 질문에 어긋나게도, 돈 문제와 무료함과 벌레와의 싸움과 사생활이 보장되지 못하는 게스트하우스 주인으로서의 고충을 솔직히 내비친다. 선택의 길 이후에는 당연히 놓고 온 다른 삶이 생각나기도 한다는 사실을 감추지 않는다. 그렇지만 더운 볕 아래 소매를 걷고 묵묵히 자갈을 깔고, 유채를 심어 뒷마당을 온통 노랗게 피워낼 계획을 상기된 얼굴로 늘어놓는다. 그런 주인이 있는 게스트하우스들에 마음이 간다.

아마 나도 그럴 것이다. 인생의 길목마다 가끔은 회의에 빠질 것이다. 불평을 늘어놓거나 가지 않은 길에 대한 망상에 빠지기도 할 것이다. 그러다가 나는 또 볕을 향해 나갈 것이다. 내 뒷마당에 심을 유채꽃에 대해 기쁘게 떠들어댈 것이다. 그렇게 우리 모두는 삶을 끊임없이 의심하고 곁눈질하며, 그렇지만 묵묵히 볕에서 일하는 것이다. 그리고 그런 서로의 뒷모습을 바라보면서 힘을 얻는 것이다.

월정

삼 년 전 월정(月汀)은 고요해서 정말 달이 머물 것 같은 바다였는데, 이제는 거대한 유원지가 되어가는 듯하다.

통유리와 파라솔을 설치한 카페와 하얀 지중해풍 카페 사이, 작고 낡은 그 카페는 그대로다. 마침 아는 사람이 있어 반갑게 인사를 나누고 맥주를 빨대로 쪽쪽 빨면서 바다를 구경하고 있는데 그가 따라 나왔다.

"엄청나게 변했네요."

우리는 삼 년 전부터 알던 사이였다.

"정말 예전에는 아무것도 없었잖아요."

그도 나도 삼 년 전을 떠올리며 잠시 말을 잃었다.

"변한 월정이 싫어요?"

"글쎄요……."

"사람들은 그래요. 변한 월정이 싫다고, 정 떨어진다는 사람도 있어요. 그런데 뭐, 많은 사람들이 와서 즐기는 것도 좋아 보이더라고요. 지난번에 월정리 블루스라고 파티했었는데 굉장히 재미있었어요."

한때 월정에 머물렀던 그의 말은 늘 그렇듯이 따뜻하다.

카페 뒤편도 온통 카페며 숙소 공사중이다. 삼복더위에 인부들은 웃통을 벗고 땀을 흘린다. 군데군데 놓여 있는 지게와 시멘트 포대까지 더위에 희뿌옇다. 공사가 모두 끝나면 무자비한 태양에 바랜

이 풍경은 모두 사라질 것이다. 삼 년 전 월정에서 목도한 그 쓸쓸함이 온데간데없이 사라진 것처럼.

'변한 월정이 싫으냐고요? 그냥 변화한다는 사실을 받아들여요. 단지……'

아까 대답하지 못했던 말을 마음속으로 꺼냈다.

'변하기 전의 모습을 볼 수 있게 해준 예전의 시간에 감사해요.'

지금 가야 해. 나는 말했다.

조금 후에 가도 상관없잖아. 그가 말했다.

아니야, 달라. 그건 흔적도 남기지 않고 사라질 수도 있다고. 나는 말했다.

나는 테마파크를 원하는 게 아니라 언젠가 영원히 없어질 풍경을 찾아가는 거야.

그래서 지금 가야 해.

그는 말이 없다.

진단

그해 6월, 선글라스만 믿고 겁도 없이 맨 팔다리를 휘저으며 온 섬을 돌아다닌 끝에 햇빛 알레르기라는 병을 얻었다. 처음엔 그런 알레르기가 있는지도 몰랐다. 빨갛게 부풀면서 몹시 가려운 것들이 팔에 돋아났다. 감자를 갈아 붙이며 견디다가 서울에 오자마자 피부과로 달려갔다.

"나이가 들어서 그렇습니다."

의사는 힐끗 팔을 본 뒤 오 초 만에 진단을 내렸다.

"면역력이 약해지니까요."

나이가 들면 면역력이 약해지는 거구나. 고개만 주억거리다가 주사를 맞고 처방전을 받아들었다.

그런데 내가 햇빛에 면역이 있었던가?

맨몸뚱이로 강한 햇살에 삼십 분 이상 있어본 적이 없어서, 애초에 면역이 있었던지도 잘 모르겠다는 생각이 들자, 좀 억울해졌다. 햇빛에 면역이 있었던 시절에 좀더 햇빛 속에서 저렇게 민소매와 짧은 옷을 입고 돌아다닐걸. 저런 옷도 입어보지 못한 채 나의 면역력은 허무하게 사그라들었다.

이제 여름철 제주에 오면 자외선이 강한 시간대에는 고분고분 노인처럼 숙소에 머무른다. 그늘에 앉아, 팔다리를 긴 옷으로 가리고, 선글라스 너머로 느낄 수 있는 와랑와랑한 햇살을 바라보며, 저 태양 아래 건강하게 뻗은 맨 팔다리를 드러낸 이들을 시샘하며, 책을 읽거나 일기를 쓰면서 자외선이 약해지는 시간을 기다린다. 그러다가 문득 생각했다. 언젠가는 이런 시간도 지나가버릴 것이다. 눈이 침침해지고 걸음이 무거워지는 시간이 올 것이다. 그때 제주도 작은 숙소 한켠에 배낭을 풀고 뭔가를 끄적거리는 사람을 나는 시샘할 것이다. 그전까지 나는 되도록 많은 바람을 느끼고 많은 곳을 가야겠다. 아직 내가 일기를 쓰고 책을 읽고 여행을 할 수 있는 면역력이 살아 있을 때, 실컷 그래야겠다고.

화해

　"수평선이 휘어져 보이는 모습을 통해서 지구가 둥글다는 사실을 알 수 있지." 그가 예전에 했던 말들을 기억하며 손가락을 뻗어 수평선에 갖다댔다. 바다는 손가락처럼 곧았다. 멋쩍은 손을 내렸다.

　섬에 몇 없는 식당은 민박을 겸했다. 어둑한 공간 안 오래된 나뭇결이 반들반들하게 윤이 나고, 햇빛이 창에 걸려 사위어갔다. 갱이, 군부, 따개비, 뿔소라, 톳. 가파도에서 난 해산물로만 차려진 한 상을 받았다. 소문대로 밥값이 아깝지 않은 풍성한 바다 밥상이다. 소박한 해물을 유난히 좋아하는 입맛 탓에 잠시 천국을 경험했다.

　겨울 끝자락의 섬은 금방 어두워졌다. 돌을 때리는 물소리, 머리카락이 약한 저녁 바람에 날리는 소리만 들렸다. 아무것도 없네. 더 이상 적절한 말을 찾지 못하고 수평선만 바라보았다. 거센 바다에 때때로 자주 절망적으로 가로막혔을 오래된 섬은 짐짓 평화롭고 고풍스러웠다. 바다에서 나는 것들에 최소한의 조미만 해서 바다 밥상을 차리고, 바다에 실려오는 햇빛을 마루 위에 부서뜨리고, 누군가의 손가락이나 머리카락을 오래도록 바라보는 삶. 그때 나는 그런 것들을 상상하고 있었다.

　자주 실패했다고 느꼈다. 우스운 것은, 나는 앞으로 이렇게 저렇게 할 거라고, 가당찮은 계획을 끊임없이 세웠다는 거다. 나는 실패한 것 말고도 다른 것을 할 수 있다며, 실패한 사람 말고 다른 사람을 만날 거라며. 사실 나는 그만큼 젊다고 느꼈기에 자신이 있었다.

언젠가 어떤 것도 할 수 없다고 느낄 때, 그때 지금과 같은 패배
감을 느낀다면 인생은 얼마나 끔찍할까.

천천히 걸어도 두 시간이면 처음의 자리로 되돌아오는 섬은 갑갑
했다. 어떤 것도 할 수 없을 것 같은 섬이야, 중얼거리다가 알았다.
나는 이제 아무것도 할 수 없다. 그럼에도 불구하고 섬이 마음에
들었다. 소망에 대한 간절함이 사라진 마음에 차오르는 것들이 있
었다.

제자리에서 한 바퀴를 돌았다. 지구가 둥글지 않더라도 섬은 둥
글었다. 크고 거창한 것을 잡으려 할 필요가 있을까. 나는 이 섬에
발 디디고 있으니, 여기서 출발하자. 어떤 것도 의식하지 말고, 나만
의 섬을 만들자. 운동화를 땅바닥에 비비면서 흘러가는 인생을 감
히 재단하려는 마음을 다잡았다. 인생이 잘 닦인 마루라면, 섬은
그 위에 부서지는 햇빛 같았다. 빛이 사위어도 괜찮다. 단지 밤이
될 뿐이니까. 나는 몇 가지 물건만 든 남루한 여행 가방만으로 족한
사람, 낮의 태양이 아니어도 밤의 소리에 귀기울일 수 있는 사람이
니까. 이해받는다고 느낄 때 인간은 마음의 빗장을 풀고 사랑할 준
비를 갖춘다. 언젠가 손가락을 뻗어 설명해주던 오래된 사람의 기억
으로부터 비로소 놓여남을 느꼈다. 나는 나를 이해했다.

모살

저 집이 원래부터 저기에 있었던가. 기억 여부와 관계없이 늘 있었던 것처럼, 수명을 다해 주저앉기 직전처럼 낡은 집이었다. 생맥주와 팥빙수가 써붙여져 있지 않았더라면 나는 그곳을 그렇게 계속 지나쳤으리라. 사실은 생맥주와 팥빙수가 써붙여진 후에도 낡은 외관만 몇 차례 기웃거린 끝에 발을 들였다. 습하고 스산한 밤이었다. 쭈뼛쭈뼛 두리번거리며 구석자리에 앉자 잘생긴 아저씨가 주문을 받는 바람에, 잘생긴 아저씨 앞에서 세련된 처신을 하지 못하는 나는 더욱 쭈뼛거리며 엉덩이를 들썩였다. 비 오기 전의 눅눅함과 가게의 열기 때문에 볼이 달아올랐다.

도수가 좀 있는 술이 있어요? 듀벨 어떠세요. 악마의 맥주라고 불리는 술입니다. 나는 그 맥주를 마셔본 적이 있었지만 처음 듣는 것처럼 입을 벌리고 주인을 바라보았다. 진 토닉을 더블로 주세요. 한참 맥주 설명을 들은 뒤 칵테일을 주문하는 손님에게, 그는 의아함 없이 미소만 남기고 바 뒤쪽으로 사라졌다.

지루하지 않은, 가슴을 두근거리게 하는 피아노곡이 흘렀다. 어두운 조명과 괜찮은 분위기와 훌륭한 음악까지, 점점 더 이곳이 마음에 들었다. 목을 꺾어 올려다본 천장에는 둥근 알전구가 있어서, 천장에 손으로 적어둔 가게 이름을 녹색으로 비췄다. 술을 지나치게 마시지 않도록 천장을 보게 하는 시스템이군. 마음대로 단정짓고 '모살'이라는 단어를 고개를 꺾어서 올려다보며 잔을 비웠다. 수첩을 펼쳐 일기를 썼다. 제주도에 대해, 여행에 대해, 스쳐갔던 사람들에 대해, 내가 두근거렸던 것들에 대해.

좋은 장소는 평범한 행동을 매력적인 기억으로 만든다. 그날 늘 마시던 평범한 술이 취기를 빌려 낯선 마음을 가져오는 존재로, 늘 촌스럽고 수줍던 내가 특별한 여행자가 됐다. 나는 다시 그곳을 천천히 더듬는다. 빗방울 소리가 들리기 시작하던 그 눅눅함, 옷깃을 여미게 하던 그 스산함, 가게에 발들인 나를 휩싸던 그 매력적인 열기. 나만의 것이 된 공기를 들이마신다. 비밀을 간직하기 위해 여행을 하고 술을 마시는 이들에게 이곳을 추천한다.

기차

시베리아 횡단열차를 타면 일주일간 기차 안에만 있는대. 고양이 세수와 하루 두어 번 간이역 정차와 무한정의 시간과 한 뼘의 침대, 어떤 사람들은 오직 그런 걸 위해 그 열차를 탄대.

언젠가 시베리아 횡단열차를 타게 된다면, 단벌 옷과 말간 얼굴도 환하게 받아들여주는, 경이로웠으나 일상이 되어버린 것들에 대해 한결같은, 케이크를 먹고 트럼프를 하고 바이칼 호수를 건너는 법을 아는 당신과 함께.

사실은 나는 항상 당신의 얼굴을 사랑할 거고,

나는 당신과 잡은 손 사이로 스쳐지나가는 시간을 견딜 거고,

나는 눈 오는 날 털실장갑이 되어서 당신을 웃게 할 거고,

나는 당신에게 정말로 그런 사람이 될게.

그러니까 시베리아 횡단열차에 함께 올라 동토를 가로지르자.

나는 그런 사람으로 당신 곁에 있을게.

까마귀

장기투숙객이 많은 숙소에서, 아는 얼굴을 만나서 흠칫 놀랐다. 2주 전에 제주에 왔을 때 다른 숙소에서 만난 사람이었다. 다시 만나지 않길 바랐는데. 목소리가 크고 말이 많은 그가 기껍지 않아서 속으로 한숨을 쉬었다. 삼십 분 이상 혼자 떠드는 사람치고 정말 괜찮은 이야기를 하는 사람은 없어. 또 쉴새없이 분위기를 주도하는 그 옆에 앉아서 부루퉁하게 그런 편견들을 곱씹고 있었다.

모두는 친밀해 보였다. 술을 마시는 사람들 속에서 청개구리처럼 술을 안 마시고 싶어져서 밖으로 나왔다. 거기서도 몇몇 사람들이 한참 이야기중이었다. 그들은 하룻밤 손님인 나를 신경쓰지 않았다. 누군가와 누군가의 뒷말로 시작한 이야기는 점점 더 발전하여, 다른 숙소에 기거하는 누군가들과 제주의 다른 쪽에 사는 누군가들에 대한 소식과 평가로 다채롭게 옮겨갔다. 내가 알지 못하는 그들의 면면과 일상을 낱낱이 들여다보는 느낌이 들었다.

회사와 다르지 않네. 문득 그런 생각이 들었다. 사내 정치와 관계의 소용돌이, 여행자라면 이런 짐을 홀홀 벗어버리고 고독한 개인으로 돌아갈 수 있으리라는 건 지나치게 단순한 생각이었다. 여행은 인연이고 만남이라지만, 내가 좋아하는 사람만 만나라는 법은 없다. 피하고 싶은 사람, 맞지 않는 사람들이 모이고 부딪히는 건 어디서나 마찬가지니까. 게다가 사생활까지 공유되니 더욱 복잡해질 수밖에. 훌쩍 떠난다는 건 단기 휴가일 때나 가능한 일인지도 모르겠다. 짧은 인연을 만나 마무리하는 것으로 끝나지 않는다. 특별하고 반갑고 고마운 인연이 되기도 하지만, 피하고 싶은 사람과 부대껴야 하는 난감함 역시, 긴 여행의 이면에 존재하는 것 중 하나이리라.

마음에 드는 사람만 만나게 되진 않지만 그래도, 좋았다가 싫었다가 피했다가 어울렸다가 하면서도, 역시 여행이 좋았다. 세상에는 다양한 사람이 있고 그 사실을 인정하면서 사람은 넓어진다. 여행을 하면 성숙해진다고 하는 이유는, 여행길에서는 마음에 드는 것만 취할 수 없기 때문이지 않을까. 모든 상황을 통제할 수 없다는 사실을 받아들이기. 그것이 여행이라는 학교에서 우리가 배우는 첫 번째 교과목이다. 이것을 알고 난 후에야, 좋고 싫음에 질색하던 내 마음을 들여다보게 된다. 때로는 행복을 좌우할 만큼 중요한 정착민의 인간관계를 벗어나, 나를 중심으로 열려 있는 여행자의 인간관계를 새로 배운다.

사실 사람은 자기와 닮은 것을 유독 싫어하는 법이라던데, 나도 목소리가 크거나 혼자 말하는 사람은 아닌지 돌아본다.

회국수를 찾아서

새벽에 깼다. 숙취가 옅어질 때까지 침대 위에 얼음처럼 가만히 누워 있다가, 동네를 한 바퀴 돌며 맑은 공기를 마셨다.

조식은 빵이다. 원래 빵을 좋아하지 않는데다가, 술 마신 다음날은 더더욱 먹고 싶지 않았다. 그렇지만 나를 보자마자 예쁘게 네 쪽으로 자른 토스트를 내밀며 "왜 안 나오시나 기다렸어요"라고 말하는 스태프에게 차마 빵 싫은데요, 말하지 못하고 꾸역꾸역 먹었다.

천천히 책을 보며 뒹굴다가 점심 전에 숙소를 나왔다. 갑자기 매콤달콤한 회국수가 먹고 싶었다. 두번째 숙소로 이동해서 배낭을 내려놓고 점심을 먹어야지. 아니, 회국수 먼저 먹고 숙소로 가야 하나? 잠시 갈팡질팡하다가, 일단 배낭을 놓고 점심을 먹기로 했다. 버스를 타고 한참을 가서 한동리에 내렸다.

'횡단보도를 건너서 바다가 보이는 정자까지'라고 숙소 안내에 적혀 있다. 횡단보도를 건너 정자가 보일 때까지 하염없이 걸었다. 아무리 가도 정자도 바다도 보이지 않았다. 길을 잘못 든 것 같은 예감이 스쳤다. 아무래도 첫 출발부터 잘못된 듯했다. 배낭을 메고 오락가락 뱅뱅 돌았다.

대문을 활짝 연 집 안쪽에서 밥숟가락 부딪히는 소리, 말소리가 들려왔다. 평소 같으면 미소가 지어졌을 따스한 풍경이지만 배고픔만 더욱 심하게 몰려왔다. 문득 게스트하우스를 겸하는 카페를 발견했다. 카페 음식으로라도 한끼 때울까. 발걸음을 멈추고 급히 인터넷을 검색했다. 카페에서 운영하는 블로그가 있었다. '오늘은 감자 비스킷을 구웠어요. 맛있는 크림치즈 머핀.'

아무리 배가 고파도 더이상 빵을 먹고 싶지 않았다. 별수 없이 또 걸었다. 다시 출발점까지 되짚어오는 길에 생각이 났다. 나는 서귀에서 제주로 오는 길인데, 숙소의 안내문은 당연히 제주에서 서귀로 오는 사람들을 위한 안내겠지. 그렇다면 나는 횡단보도를 건널 필요가 없었던 거야. 깊은 후회가 밀려왔다. 점점 더 심각하게 배가 고파왔지만, 어쩔 수 없이 출발 지점까지 하염없이 되돌아갔다. 사실 합리적 선택은 일단 숙소로 가서 라면이라도 먹으면 될 일이었지만, 그쯤에서 내 이성은 마비돼버렸다. 내 머릿속엔 오직 회국수 생각밖에 없었다. 다시 길을 되짚어 횡단보도까지 왔다. 그리고 또다시 방향을 헷갈려 횡단보도를 한숨 쉬며 오락가락 건넌 후에야 간신히 버스를 타고 동복리로 갈 수 있었다.

번호표를 뽑아들고 한참을 기다린 끝에 드디어 방으로 안내되었다. 신선하고 도톰한 회를 풍족하게 썰어 넣은 뒤, 매콤함과 달콤함이 절묘하게 배합된 고추장 양념을 중면에 비벼, 소복한 야채와 함께 먹는다. 맛있었다. 조금 과장하자면 천사가 귀에 나팔을 불어주고, 입안에서 바다의 신이 뛰놀며 축복을 내려주는 맛. 혹은 여름방학 직전 전 과목 시험을 끝내고 뙤약볕 아래 신나게 집으로 돌아와 얼음 띄운 레모네이드를 들이켜는 순간의 맛. 그랬다. 회국수는 맛있었다. 그날 길에서 세 시간을 뿌리고도 기어이 회국수라는 일념을 지켜낸 일이 아깝지 않을 만큼.

운동화

사람이 외로우면 사물에 말을 건다던데, 영화 〈중경삼림〉을 보면서도 저게 웬 걸멋이냐 했는데, 혼자 걷는 길을 함께한 운동화며 배낭에 애착을 갖고 의인화하는 나를 보며 스스로 움찔 놀란다. 닳을 때까지 신고 제주 곳곳을 누빈 빨간 반스 운동화를 보기만 해도 함께 걷던 몽돌해안, 중문 올레길, 저지의 검은 돌들이 생각나니까. 이젠 베이지색으로 바뀐 반스 운동화를 보며 갈아탄 새 애인처럼 좋기도 하고 머쓱한 듯 죄책감까지 드는 것을 보며 아이구 내가 중증이구나, 한다.

제주시 추자면 추자도

나를 비추는 빛

탑동 맥도날드 창가 테이블에 앉아 키 큰 야자수가 바람 때문에 이리저리 흔들리는 것을 보고 있었다.

새벽부터 밤까지 비가 내릴 것이 예정돼 있었다. 고기국수, 순댓국밥, 각재기국. 먹고 싶은 것들을 하나씩 꼽아보며 걸어갈까 버스를 기다릴까 망설이다 포기한 직후였다. 얇은 옷을 겹겹이 껴입고 시린 손을 주머니 깊숙이 찌르고 있었지만 한기가 가시지 않았다. 배낭의 물기를 닦아내고 맥너겟 한 조각을 입에 넣었다. 따뜻하고 달착지근한 튀김 네 조각 팩이 금세 비었다.

고기국수, 순댓국밥, 각재기국을 먹으러 가고 싶어. 가고 싶은 곳을 다시 하나씩 꼽아봤지만 얇은 반스 운동화가 축축해지도록, 방수가 안 되는 얇은 배낭이 온통 젖도록 빗속을 지나가고 싶지 않았다. 맥너겟을 다 먹은 후에도 아주 오랫동안 나는 앉아 있었다. 검은 우비를 입고 노란 스쿠터를 탄 앳된 배달원들, 볼이 빨간 단발머리 초등학생, 동그란 뿔테안경을 쓰고 군복 무늬 잠바를 입은 중학생들, 케첩을 묻히며 햄버거를 먹는 엄마와 아이.

얼마나 많은 비 오는 날들을 나는 이렇게 목적 없이 흘려보냈던가.

먼 곳의 숙소를 예약하고 시외버스를 탔다. 애써 양발을 포개어 곱은 발을 녹였다. 불친절한 버스 기사와 늙은 승객들로 채워진 버스에서 나 혼자 외지인 같았다. 허리가 꼬부라지고 주름이 흉터처럼 깊은 노인들을 보다가 나를 보았다. 검정색 스키니진과 탄력을 잃지 않은 발목. 늙고 싶어서 늙는 사람은 없는데, 주름지고 냄새나고 굽어져서 아무도 나를 거들떠보지도 않게 되면 나는 슬프겠지. 그런 상념들을 드문드문 흘려보내다 잠깐 잠이 들었다.

버스가 성산으로 접어들었다.

"오조리 상동 어디서 내려요?" "거기 안 가는데." 운전사의 퉁명스러운 말에 배낭을 끌어안고 두리번거리다 "오조리라면 여기서 일단 내리면 됩니다"라는 누군가를 따라 후다닥 버스에서 내렸다. 게스트하우스 지도를 보여주자 그는 "오조리 마을회관이구나" 쉽게 이해했다. 서울 출신으로 입도 육 년차, 오조리에서 한동안 살았다는 그의 발걸음은 거침이 없었다. 나는 부지런히 그의 뒤를 좇았다.

"여기 같은데요." "아, 여기 맞네요. 고맙습니다." "네, 그럼." 남자는 게스트하우스 간판을 확인하자마자 고개를 까딱하더니 가던 길로 몸을 돌렸다. 오직 나를 이 숙소 앞까지 데려다주기 위해 빗길을 걸어온 뒤 어떤 미사여구도 없이 휑하니 사라지는 남자의 뒤에 대고 큰 소리로 말했다. "정말 고맙습니다!" 그가 잠깐 뒤돌아보며 희미하게 웃었다.

때로 어떤 설명도 필요하지 않은 미소가 있다.

숙소에 짐을 놓고 산책이라도 하려고 다시 나왔다. 우산을 쓰고 포구까지 걷다가 조개망을 들고 오는 할머니를 만났다. 할머니는 눈

코입을 제외한 온몸을 감싼 우비를 입고, 묵직한 어망을 들고 있었다. 나에게 곧 어두워지는데 혼자 어디를 가느냐며 걱정스레 나무라는 통에, 포구는 구경도 못하고 다시 돌아오게 됐다. 할머니는 민물가에 멈추더니 쪼그리고 앉아 어망 속 보말을 헹궜다. 두툼한 잠바를 입은 내가 그런 할머니를 멀뚱히 바라보았다. 우비는 이른 봄의 쌀쌀함을 감당하기엔 너무 추워 보였고, 물속에 담긴 할머니의 손은 빨갰다.

보말을 다 씻은 할머니와 나는 다시 나란히 걸었다. 우비로 가려지지 않는 할머니의 속눈썹과 콧잔등과 뺨으로 빗물이 땀처럼 맺혔다. 쓰던 우산을 할머니 쪽으로 기울였는데, 어설픈 각도 탓에 오히려 우산의 물방울이 할머니에게로 떨어졌다. "괜찮다, 너 써라." 할머니의 사양에 다시 어정쩡하게 우산을 혼자 썼다. 빗물이 코로 입으로 계속 떨어지는데도 어디에서 왔니, 몇 살이니, 어디서 묵니, 물어봐주는 건 할머니였다. 나는 할머니의 보말 어망이 무거워 보인다는 생각을 했지만 내가 들어드린다고 하면 할머니는 아마 절대로 사양하겠지, 그렇게 망설이고만 있었다.

요령 있게 친절을 베푸는 법을 알지 못하는 나는 혼자 머쓱해지고 무안해졌다.

"혼자 다니면 안 된다. 특히 해 떨어지기 전에는 무조건 들어가야 돼." 할머니의 당부에 그러겠노라고 고개를 끄덕이고, 갈림길에서 헤어졌다. 역시 할머니에게 우산을 씌워드려야 하지 않았을까, 할머니의 어망을 빼앗아 드는 시늉이라도 할걸, 하지만 그러기엔 할머니는 굉장히 씩씩해 보였지, 뒤늦은 생각을 뒤척이며 우산을 쓰고 걸었다. 숙소의 문을 천천히 열자, 낯설지만 따뜻한 공기가 밀려왔다.

"이 마을 이름이 오조리잖아요. '오조'가 무슨 뜻인지 아세요? '나를 비추는 빛'. 오조리는 나를 비추는 마을이라는 뜻이에요." 아까 나를 숙소까지 데려다준 남자가 그렇게 말했었다. 쌀쌀한 빗방울이 떨어지던 날들, 그저 천천히 늙어가는 것만 남은 듯 보이던 날들 가운데, 나를 비추는 빛을 때때로 보았다. 아직도 서툴고 제멋대로인 나는, 낯선 길 위에서 받는 말없는 호의 속에서, 거꾸로 되짚어 아직도 하나씩 성장하는 중이었다.

차의 맛

레몬을 직접 짜서 만든 이 차가운 레몬차가 정말 맛있다. 오늘 날씨는 정말로 아름다웠다.

그 외에는 잘 모르겠다.

차의 맛과 날씨를 아는 것만으로 충분하다.

공기

내게 맛집이란, 대단한 미인은 아니지만 내 마음에 쏙 드는 여자친구 같은 존재다. 물론 남들이 다 예쁘다고 하는 여자가 내 눈에도 예뻐 보일 확률이 높긴 하지만, 사랑하는 공기를 함께 가진 사람이란 단지 미인이냐 아니냐와는 좀 다른 조건이다. 예를 들어 하고많은 오겹살집 중에서 나는 오직 돈사돈만 좋아한다. 모든 사람이 입을 모아 칭송하지만 굳이 또 가고 싶지 않은 가게도 많다. 왜 그런지는 글쎄, 그러니까 사랑하는 공기 같은 것이다.

사랑하는 공기는 흔하디흔한 것을 종종 유일무이한 기적으로 둔갑시키곤 해서, 여행길의 평범한 음식이 특별하게 다가오곤 했다. 사랑하는 공기를 저절로 만들어주는 배경이 있다. 이를테면 벚꽃이 흩날리는 한밤의 공원, 둘만 있는 봄바다 백사장 같은 곳. 여행길을 갑자기 낭만적으로 만들어주는 맛집들이 있다. 평범한 라면에 문어를 넣었을 뿐인 경미휴게소 문어라면, 그저 멸치국수일 뿐인데 왠지 일부러 찾아가서 먹게 되는 춘자싸롱 국수, 한라산에서 먹는다는 이유만으로 세상에서 제일 맛있는 음식이 되어버리는 대피소 컵라면, 즉석에서 해녀들에게 구입해 해안가에 쪼그리고 앉아서 먹는 해산물 한 접시와 소주. 평범한 음식이 잊지 못할 특별함으로 다가오는 순간들. 사실 특별한 음식은 아니지만 관광객들이 굳이 찾아가서 먹는 이유는 아마 이런 곳들에서 여행의 공기를 느낄 수 있기 때문일 것이다.

제주에 갈 때마다 제주에서만 맛볼 수 있는 천혜향 주스를, 한라봉 아이스크림을, 제주우유를 사 먹었다. 식당에서는 굳이 자리돔과 보말국과 갱이죽을, 시장에 가면 꽁치김밥과 모닥치기를 찾았다. 서울에 내로라하는 양식집들이 많다지만, 일부러 알이즈웰과 어머니빵집을 찾아 파스타와 빵을 먹었다. 그런 곳들은 단지 맛집의 차원을 넘는, 제주의 공기다. 아마도 여행하는 사람들은 진짜 맛뿐 아니라 그 공기를 찾으러 갈 것이다. 어쩌면 당연한 일이다. 사랑하는 공기 속에서 우리는 연인이었고, 여행하는 공기 속에서 나는 자유로웠으니까. 아무래도 신기한 일이다. 아무것도 아닌데 당신이라서 좋고, 별다른 것도 아닌데 마음을 떨리게 하는 공기가 있다는 것은.

길을 잃기 위해서

책이 되기에는 분량이 적습니다. 부족한 게 분량뿐이겠는가 마는, 편집자의 말에 부푼 마음으로 당장 주말마다 비행기표를 예약했다. 금요일 퇴근하자마자 공항으로 뛰어가 비행기를 타고, 괜히 뭔가 쓸 거리를 찾아야 한다는 초조함으로 눈에 불을 켜고 강행군을 하다 일요일 밤 마지막 비행기를 타고 녹초가 되어 돌아오는 패턴이 이어졌다. 막상 멍석이 깔리자 갑자기 아무것도 써지질 않아 끙끙거렸고, 피로가 쌓이며 갈팡질팡하는 날들이 이어졌다. 그러다 어느 날 나는 폭발했다. 회식이 예정돼 있던 금요일, 어쩔 수 없이 비행기표를 취소했다가 회식을 안 한다기에 다시 예매했는데, 결국 회식을 한다는 말에 표를 다시 취소해야 했다. 칼바람이 부는 빌딩 사이를 쿵쾅쿵쾅 거닐며 온갖 짜증을 토해냈다. '회식 안 한다고 했다가 왜 또 하는데! 그럼 처음부터 한다고 하든가! 왜 이랬다저랬다 하는데! 가봤자 아무것도 못 쓰겠고! 이 모든 상황이 싫고 내가 싫다고!' 분노의 산책을 끝내고 돌아왔지만 도리 없이 퇴근 후 차에 실려 홍대로 향하고 있었다.

술을 마시고 집으로 돌아오는 택시 안에서 음악을 듣는데 〈길을 잃기 위해서〉라는 노래가 나왔다. '길을 잃기 위해서 우린 여행을 떠나네. 어떤 얘기도 하지 않고 어디론가 걸어가네. 네가 나를 떠난 것도 내가 널 그리워하는 만큼 다시 돌아올 수가 없는 여행을 멀리 떠난 것이네.' 아니, 이 노래가 이런 내용이었나? 귀를 번쩍 뜨고 노래를 반복해서 들었다. 나 뭔가 잘못 생각하고 있었어. 나는 무언가를 찾기 위해, 무언가를 이루기 위해 여행하지 않았잖아. 그래서 뭔가를 얻을 수 있었던 거야. 항상 잃어버렸기에, 어떤 것도 이루지 않았기에, 돌아오지 않는 마음이었기에. 뭔가를 쓸 수 없는 건 회사의 탓도 회식의 탓도 아니야. 나는 다시 잃어버려야 해.

그래서 나는 실로 몇 주 만에 처음으로, 이렇게 종이 앞에 앉았다. 비로소 알았다. 길을 짚어가며 쓰는 기록이 아닌 길을 잃은 후의 마음을 쓰고 싶었다는 것을. 처음에 여행했던 행복한 마음을 다시 꺼냈다. 그때 나는 하루종일 아무것도 하지 않고 바람만 느껴도 좋았다. 그런 순간의 나로 다시 돌아갔다. 실 끝처럼 예민하던 마음이 실뭉치가 됐다. 실뭉치 속에서 나는 무엇인가를 쓸 수 있겠지. 일단 실뭉치엔 실이 엄청나게 많으니까, 이 실을 놓쳐도 다른 실을 꿰면 되거든. 다시 가자, 길을 잃기 위해서, 길을 잃어버릴수록 커지는 실뭉치가 되기 위해서.

폭낭

나무는 뿌리째 뽑히지 않으려 몸을 뒤틀었다. 지붕도 날려보내는
모진 바람의 섬에서, 팽나무들은 그렇게 기형적인 생김새가 됐다.
한껏 옆으로 늘어난 나뭇가지 덕분에, 여름에는 무성한 그늘을 만
들었고, 겨울에는 독특한 풍경을 뿜냈다. 고생을 많이 한 노인의 손
갈퀴처럼 나무는 넉넉했고, 때로 기묘하고 장엄했다.

제주시 성산읍 성산리

1월

마음이 붕 뜨는, 호사스러운 12월이다. 한때 나도 12월을 좋아했다.

제주 여행이 나에게 준 건 결국 그런 거였다. 차가운 1월을 사랑하는 마음이었다. 아마 나는 또 제주에서 휴가를 보내지 않을까 싶다. 먼 곳에서의 요란한 휴가에 대한 미련이 별로 없다. 차가운 1월처럼 이 12월을 건너가려 한다.

차가운 1월을 좋아하는 사람은 무엇도 계획하지 않는대. 차가운 1월을 좋아하는 사람은 무엇에도 집착하지 않아서 자유롭대. 차가운 1월을 좋아하는 사람은 무엇도 멋대로 재단하지 않는대······. 인생을 계획하려 하지 마. 그냥 하루하루를 차가운 1월처럼 살자.

괜찮아. 차가운 1월을 건넌 이후에 대해서는 나는 아무것도 몰라. 단지 나는 나를 믿어. 내 삶을 믿어. 나의 차가운 1월을 믿어.

잠시라도

아이폰 손전등에 의지해 가로등 없는 시골길을 걸었다. "재활용 쓰레기통에서 좌회전이랬는데, 아, 저기 쓰레기통이 보여!" 반갑게 소리쳤지만 '잠시라도'는 도대체 나타나지 않았다. 밤의 일부처럼 눈의 조도를 낮추자, 세로로 세운 나무판에 적힌 '잠시라도'라는 글자가 보였다.

그 작은 나무판 말고는 그저 시골집이었다. 미닫이문을 열자 가정집 거실이 나타났다. 마루 위에 얌전히 놓인 작은 테이블 두 개. 나는 예전에 읽던 책 속으로 초대받은 것 같았다.

모든 것이 아무것도 아닌 척 시침을 떼고 있었다. 테이블에 무심하게 놓인 레몬 하나와 돌하르방 두 개, 레이스 문양의 비닐 테이블 매트. 소녀일 때 꿈꾸었던 스파게티 식당에 대한 환상이 거기 실현돼 있었다. 밤은 양념이었다. 어둑한 실내에 타오르는 초에 마음이 두근거렸다. 커다란 천 한 장으로 가려놓은 부엌에서는 주인 혼자 툭툭대고 지글거리며 분주했다. 한참 후 스파게티 한 접시가 내 앞으로 배달되었다. 옛날식 나폴리탄 스파게티의 맛이 났다.

캄캄한 밤, 예전 외갓집을 연상시키는 가정집 마루, 소꿉장난처럼 작은 테이블과 부드러운 촛불, 내가 그렇게 혼자 조용히 앉아 스파게티를 먹고 있다는 현실. 나는 그 소박하고 기묘한 분위기에 매료됐다. 시골집 마루에 달랑 놓인 테이블 두 개뿐인 공간에서, 남몰래 꿈꾸어왔던 스파게티 식당에 대한 로망이 현실화됐다.

　제주의 동쪽, 평대, 종달, 하도, 그런 곳들에서 시간의 흐름을 무
너뜨리는 이상한 사람들이 이상한 식당과 이상한 카페를 하고 있
다. 번번이 나는 포크에 스파게티를 돌돌 감아 먹는 빨간 볼의 소녀
가 되고, 밝게 빛나는 햇살 속에서 처음으로 맥주를 마셔보는 대학
생이 되어, 왜곡된 시공간을 기꺼이 은밀하게 즐겼다.

진짜 여행

95번 버스를 타고 제주항 7부두에 내려서 6부두, 5부두, 4부두, 3부두를 지나쳐 2부두까지 걸었다. 일요일 낮 두시에 출항하는 한일카훼리에 승선한 이들은 거의 제주 본섬에 다녀오는 추자 사람들인 듯했고, 드물게 낚싯대를 든 이들이 보였다. 멀미할까봐 점심도 거른 채 엄숙한 얼굴로 3등실 바닥에 누워 잠을 청하는 내 옆에서너 살짜리 추자도 아기가 꼬물거렸다. 쉴새없이 젖병을 빨고 다른 승객이 주는 과자까지 받아먹으며 보채지도 않는 아기를 바라보고 있으니 마음이 편안해졌다. 파도가 센 날이었지만 나는 태연하게 섬까지 잘 도착했다.

배에서 내려 화장실 다녀오랴 배낭 정비하랴 부산을 떨다 '이제 슬슬 숙소를 찾아볼까' 두리번거리다 놀랐다. 오후 네시밖에 안 됐는데 사람이 한 명도 보이지 않았다. 흐린 하늘과 부드럽지 않은 바람과 묶인 고깃배들뿐이었다. '슈퍼 옆에 게스트하우스가 있다고 했는데…….' 난감한 마음으로 아무리 둘러봐도 슈퍼는 고사하고 행인 한 명, 지나가는 차 한 대 없이 굳게 문 닫힌 민박 간판만 점점이 보일 뿐이었다.

'이럴 리가 없다. 수협 옆에 슈퍼 있고 슈퍼 옆에 게스트하우스 있다고 했단 말이야.' 없는 수협과 없는 슈퍼를 찾아 헤매다 드디

어 동네 사람을 만났다. "대성리가 어디예요?" "여기 신양리인데, 대
성리까지 버스가…… 한 시간 후에 와요. 걸어가면 두세 시간 걸립
니다." 상추자로 가는 버스를 놓쳐버린 나는, 식당이나 상점이 없는
하추자에서 헤매고 있었던 것이다.

아직 이른 시간이니까 걸어서 가야 하나. 배터리가 다 닳은 아이
폰을 불안하게 부여잡고 더듬더듬 걷기 시작했다.

아무것도 없음

해양경찰서 앞에 해양경찰차가 서 있기에 길을 물어봤다.
"대성리까지 간다고요? 걸어서? 저희도 마침 대성리 갈 거니까 타
세요, 데려다드릴게요." 난생처음 경찰차를 타고 멍청한 표정으로
앉아 있는데, 경찰들이 여기는 왜 왔냐고 한다. 여행 왔다. 무엇을
보려고? 나도 모른다. "여기 볼 거 하나도 없어요. 갈 데도 하나도
없고. 여긴 왜 왔다요, 제주 본섬을 가지. 우도 같은 데가 차라리
낫습니다. 여긴 볼 것도 할 것도 하나도 없어요. 내가 여기 계속 있
어서 아는데, 여기 아무것도 없습니다. 볼 거 하나도 없습니다." 중
년의 경찰이 조언 비슷한 말을 늘어놓는 동안, 경찰차는 볼 것도
없고 할 것도 없고 아무것도 없는 섬을 달렸다.

"서울 어디서 오셨어요?" 내 옆자리는 젊은 경찰이었다. "서울 아
세요?" "저도 서울에서 왔거든요. 신림이요." 추자에서 해경 복무중
인 듯한 앳된 청년이 미소를 지었다. "상추자에 등대산 공원 있거든

요. 저기 저 산인데요." "저 등대요?" "저쪽은 못 올라가고요, 그 옆
에 전망대가 있어요. 내일 올라가보세요, 볼 만해요. 하추자로 넘어
가면 돈대산이 괜찮나? 그리고……" 나는 고개를 열심히 주억거리
며 그의 말을 들었다.

내일은 저 등대에 올라가보리라. 아무것도 없는 섬에서, 아무것도
없는 풍경을 보기 위해.

파치

상추자에는 편의점도 식당도 BBQ치킨도 있었다. 그래도 한
골목만 돌면 여전히 모를 곳이긴 마찬가지였다. 개점 여부가 의심스
러운 낡은 가겟방 위, 달동네 비탈길 폐가 같은 이 건물이 설마 게
스트하우스일까. 아무도 없는 건물을 빙빙 돌았다. 태풍 한번 불면
뜯겨져나갈 듯한 바람벽, 유리창에 엑스자로 테이프가 붙어 있고
아귀가 맞는 문짝은 하나도 없다. 안 되겠어, 상추자에서 제일 좋다
는 모텔 이름이 뭐라고 했지? 아까 경찰관이 말해준 정보를 기억해
내려고 애쓰는 사이, 여주인이 고개를 쑥 내밀었다.

배정받은 방에 들어가자마자 텔레비전과 전기장판을 켰다. 스마
트폰으로 가족과 친구와 한참 메시지를 주고받았다. 방 밖으로 돌
아 나가면 바로 바다가 보이는 데크가 있었지만, 나가고 싶은 마음
은 전혀 들지 않았다. 평소에 나는 항상 텔레비전이나 스마트폰을
보는 시간을 줄이려고 했고, 과한 난방을 답답해했다. 홀로 조용하

게 바다를 보는 것을 좋아했다. 나는 아마 외롭지 않아서 그랬구나, 비로소 알았다. 이렇게 바람이 불고 몸과 마음이 고단하고 내 곁에 아무도 없는 날에, 텔레비전에서 떠드는 말소리와 스마트폰의 메시지 한 줄과 전기장판이 얼마나 위로가 되는지.

화장실 문에 '추자도는 제한급수지역입니다. 물을 너무 많이 사용하면 끊길 수 있으니 아껴서 사용해주세요'라는 안내문이 붙어 있다. 이곳은 몇 년 전까지만 해도 생활용수를 빗물에 의존해왔다. 전기장판에 누워 스마트폰으로 추자도를 검색한다. 응급환자 후송을 위해 경비함이 동원됐다는 기사를 읽었다. 하루 한두 차례 여객선 말고는 나갈 방도가 없는 곳. 파도가 높으면 그마저 배도 뜨지 않아 더더욱 나갈 수 없는 곳. 외롭고 갑갑하고 고립된 곳. 경비함이라도 동원하지 않고서는 도무지 탈출할 수 없는 곳.

나는 어떤 곳에 왔는가.

추자도 굴비로 저녁을 먹고 소주 한잔을 얻어 마신 뒤 한라봉 파치까지 받아들고 방으로 들어왔다. 파치라지만 달고 맛있었다. 과일은 무조건 가장 비싼 상등품을 살 것. 지금까지의 내 원칙이었다. 텔레비전은 되도록 보지 않을 것. 난방을 너무 뜨겁게 하지 않을 것. 스마트폰을 되도록 멀리할 것.

그때의 나는 가진 게 많은 사람이었다.

오후 다섯시 사십일분의 태양

다음날, 등대산 공원으로 출발했다. 꼭대기에 올라 바다를 내려다보았다. 물결이 반짝반짝 빛나고 멀리 하추자와 작은 섬들이 한눈에 보였다. 제주우유 봉지를 든 손과 풍경을 함께 사진으로 찍다가 갑자기 큰 소리로 말했다.

"어, 여기 멋진 곳이잖아."

상추자를 한 바퀴 돌고 점심을 먹은 뒤, 하추자로 가는 공영버스를 탔다. 한 시간에 한 번씩, 버스는 섬을 돌며 사람들을 실어날랐다. "몽돌해안이랑 신대산 갈 건데, 일단 묵리에서 내리는 게 좋을까요?" "음, 그래요, 묵리마을에서 내리세요. 그런데 돈대산은 안 가요?" "거긴 해 저물기 전에 돌아오려면 시간이……." "그러면 돈대산 입구에 내려서 산에 오르고 예초리 입구에서 사십분에 버스를 타면 되겠는데……." 버스 기사와 진지하게 동선을 상의한 뒤 올레길 지도를 받아들었다.

조용한 묵리마을과 채석장을 지나, 어제 배에서 내린 뒤 당황했던 신양항을 지나, 몽돌해안에 도착했다. 물살에 씻기고 씻겨 동글동글해진 몽돌에 바닷물이 부딪히는 '차라락' 소리와, 몽돌을 감싸며 씻겨내려가는 '차르르' 소리가 반복됐다. 마음의 평화를 찾을 수 있는 조용한 바다, 몽돌에 앉아서 계속 바다를 보고 물소리를 듣는 것만으로 완벽한 시간. 탈의장까지 잘 마련돼 있는 멋진 해안이 아직도 유명하지 않다는 사실이 놀라웠다.

아깝다. 좀더 어릴 때 여기를 알았더라면 이 바다에 뛰어들었을 텐데. 혼자 아까워하다가 마음을 고쳐먹었다.

지금이라도 와서 다행이다.

돈대산을 포기하고 신대산 전망대를 올랐다. 점점이 떠 있는 섬들, 사방에 바다의 소리와 푸른 물결. 나도 모르게 "오오오오오" 외친 뒤 할말을 잃었다. 이 세상에서 본 것 중 가장 아름다운 풍경 같았다. 겹겹이 떠 있는 섬들을 바라보며 '저건 그냥 돌일 뿐이야'라고 생각해본다. 마치 충격적인 영화를 볼 때 '이건 영화일 뿐이야'라고 되뇌는 것처럼. 하지만 너무나 아름다운걸. 해가 완전히 기울기 전에 산을 내려가야 한다는 사실이 아쉬울 뿐이었다.

사랑하게 되는 순간이 항상 그랬던 것처럼, 이 시간에 이곳으로 나를 데려다준 모든 인연들, 모든 우연들, 모든 슬픔들, 모든 난관들, 모든 친절들에 감사했다. 고마워, 그 누구도 아닌 너여서. 파도는 아주 부드러웠고, 오후 다섯시 사십일분의 태양이 따끈하게 나를 달궜다.

당신의 세계

"어머니 어디 가세요?" "딸네 집 가오." "아까 아드님 가시던데?" 공영버스의 모든 사람들은 친밀하게 안부를 주고받았다. 버스는 아까 내가 걸어서 지나쳤던 묵리해안 길을 따라 달렸다. 버스 창문을 힐끗 보기만 해도 황금빛 바다와 그림처럼 떠 있는 섬들과 노란 유채가 창을 꽉 채워서 일렁거렸다. 버스를 탈 때마다 이런 풍경이 보인단 말이지. 나는 끝없이 창밖을 바라보았다.

다음날 아침, 오전 배로 추자를 떠나야 했다. 신양항까지 나를 실어다줄 공영버스를 기다리며 숙소 옆 추자초등학교를 잠깐 기웃거렸다. 젊은 선생님이 아이들을 아이패드로 찍고 있다. 몇 안 되는 아이들의 명랑한 목소리가 넓은 운동장에 울려퍼졌다. 새소리가 들리는 아침. 나는 무엇을 보았던가. 조용하고 맑은 그대의 수줍은 미소. 아주 단순한 세계. 느리게 흐르는 섬의 시간.

나에게 비로소 진짜 여행이 시작된다.

걷는 여행

　5킬로미터 정도면 별생각 없이 가능하고, 10킬로미터 정도면 날씨가 좋다는 전제 하에 가능한, 나는 그 정도의 도보 여행자다.

　걷는 여행은 차로 여행하는 것과 질적으로 다르다. 그건 마치 내가 직접 지은 집에 사는 것과 다 지어진 집을 구매해서 사는 것 정도로 다르다. 집에 산다는 건 똑같지만, 그 집에 대한 경험과 느낌은 결코 같을 수 없다. 이를테면 영화에서 키스신을 보는 것과 직접 키스하는 것의 차이, 영화에서 바다를 보는 것과 직접 바다에 들어가는 것의 차이다. 영화 속 키스와 영화 속 바다가 더 멋질 때가 많지만, 단지 그건 비교 자체가 불가능한 별개의 경험이다.

　이어폰에서 이상은의 〈벽〉이 흘러나왔다. 오늘도 습관처럼 생은 떠났고, 그 가사에서 멈췄다. 나는 습관처럼 떠나보내는 생을 붙잡으려 걷는다, 키스한다, 혹은 바다를 본다. 불쑥 나오는 벤치에서 다리를 쉬이는 일, 폭낭에 매단 그네에 엉덩이를 걸쳐보는 행복, 골목골목을 돌며 느끼는 바람의 감촉과 동네의 속살을 사랑한다. 지금 이렇게 쓰면서 찾아보니 사실 이 노래 가사는 '오늘도 습관처럼 새는 떠났고'였다. 오늘도 습관처럼 떠나가는 세상의 모든 것들을 내 발로 걸으며 기록하고 싶다. 바다를 본 곳, 키스한 곳, 두번째 키스한 곳, 5킬로미터 걸었던 시작점과 끝점을 다 표시하면서. 인생은 결국 그런 지도를 만드는 과정에 불과할지도 모른다.

섬 속의 섬에 가는 일은 언제나 특별하다. 사랑하는 사람의 제일 예쁜 표정, 추억 중에서도 가장 소중한 순간, 맛있는 음식 중에서도 최고의 한입처럼, 섬 속의 섬에서 나는 섬으로부터 기대하던 것의 가장 짙은 정수를 목격하곤 했다. 우주에선 어떤 것도 자연소멸하지 않는다는 질량 보존의 법칙을 적용한다면, 지금의 삶은 어쩌면 섬 속의 섬 같은 것일지 모른다. 그렇지 않다고 말하기에는 우리가 감당하고 있는 것들이 때때로 감당할 수 없을 만큼 커서. 이렇게까지 녹진한 인생이라는 것은, 우주를 떠돌던 내 질량이 들른 섬 속의 섬 같은 것이겠지, 분명히.

제주시 우도면 서광리, 서빈백사해수욕장

좋은 것

나는 불쑥 고개 내미는 3월의 햇빛과 그에 비례해서 짙어지는 그림자를 좋아해.

여행을 떠나기 전 짐을 쌌다가 풀었다가 다시 싸는 것을 좋아해.

어떤 평가도 없이 들어주는 귀와 아름다운 것을 많이 담고 싶은 눈을 좋아해.

파도가 모래에 무늬를 만들어 물에 비친 얼굴 위로 모래 줄무늬가 어리는 한낮을 좋아해.

감색에 녹색이 섞인 바다와 녹색에 감색이 섞인 바다를 좋아해.

좋아하는 것이 많을수록 인생은 얼마나 풍부해지는지.

그러니까 좋아하는 것을 매일매일 늘려가며.

제주의 동쪽

접근성이 좋고 바다가 예쁜 서북쪽, 평화로우면서도 독특한 멋을 지닌 서남쪽, 온화하고 편안한 서귀포, 중산간과 시골의 매력을 만끽할 수 있는 동남쪽. 그래도 나의 마음을 끄는 곳은 역시 동북쪽이었던 것 같다. '게으른 소나기 게스트하우스(멋진 이름이다)'에서 만났던 사람을 '바다는 안 보여요 카페(역시 멋진 이름이다)' 주인으로 다시 만났다. "동쪽을 좋아하시나봐요. 늘 동쪽으로 오시는 것 같네요." 사실은 의식하지 못하고 있었는데 그의 말에 정말 그런가 생각해보니 정말 그랬다. 나는 동쪽을 좋아한다. 바람이 많이 불고 황량하고 관광버스가 쉴새없이 오가지만 문득 아무것도 없는 동쪽. 제주를 얼마간 드나들고 나서야 동쪽을 좋아하게 됐다. 제주에서도 제일 드센 지역이라고 했다. 확실히 좀 거칠었고, 처음엔 적응하고 마음 붙이기가 쉽지 않았다. 공들인 여자를 더욱 사랑하게 되는 것처럼, 아무래도 이 편애는 조금 오래가지 않을까 싶다.

타오하우스

커피 가는 소리를 듣고 있어. 모서리를 청테이프로 하나하나 감싼 LP판과 인켈 전축이 놓여 있는 거실에서, 저절로 말과 행동이 차분해져. 책들은 일견 아무렇게나 꽂혀 있는 듯 보이지만, 섬세하게 선택되어 종류별로 모둠져 있는 것을 금방 알 수 있어. 광목을 끊어다 만든 커튼, 형광등이 아닌 은은한 조명, 청결한 러그. 게스트하우스가 아닌 가정집 거실에 초대받은 기분으로 조용히 꾸이맨을 먹고 하이네켄을 마시고 있지.

삼십 초만 걸으면 도두동 밤바다가 나와. 펜션만 많은 곳인 줄 알았는데 이런 숙소가 있더라고. 밤바다는 좀 멋있어. 조명을 밝혀놓고 계단도 마련해놔서 편하게 산책할 수 있지. 파도가 들이치는 밤 풍경을 맞닥뜨린 순간, 나란히 선 두 사람이 한 치의 차이도 없이 "멋진데?"라고 외치는 작은 기적.

우리는 밤 아홉시 삼십분에 제주공항에 도착했어. 목요일 밤 비행기는 하루 휴가를 내고 제주로 떠나는 사람들로 가득차 있었지. 내가 하루 휴가를 내고 떠나왔기에 그렇게 느꼈을 거야. 오늘 긴 회의를 했고 알지 못할 문서를 만들었고, 그리고 무엇을 했더라. 팀원한 명이 퇴사했어. 어떤 종류든 이별은 먹먹했어.

나를 위로하기 위해 나는 누군가의 집과 같은 이곳에 오기를 잘했어. 여기 놓은 책, 음반, 장식품, 가구, 피아노……. 이곳의 모든 것들은 아주 소중하게 다루어지고 있는 것 같아서, 나는 좀 안심이

됐어. 우리가 스스로를 의심하기 시작할 때, 멈출 수 없는 운명에
수반되는 몇 가지의 슬픔에 당황할 때, 공기처럼 엷게 이곳의 손님
으로 머물러보겠니. 제주 시내에 있는 이곳은, 밤 비행기를 타고 와
도 괜찮으니까.

듣고 싶은 말

교래 손칼국수를 맛있게 먹고 조천초등학교 교래분교 운동장에서 놀이기구를 탔다. 오래전 다니던 학교를 찾아간 것처럼, 다시 어린아이가 된 것처럼, 마음이 싱숭생숭해졌다. 사실 나는 추억을 두려워하는 종류의 사람이기에, 내가 다녔던 학교와 회사를 편안한 마음으로 거닐 수 없다. 텔레비전에서 흘끗 서대문아파트가 나오는 걸 보았을 때도 마음이 쿵 내려앉았다. 미근동 그 건물에 에가오 카페가 아직도 있어서. 나는 자동적으로 당신을 떠올렸다.

어떤 회식자리에서 들었던 무심한 말. 이런저런 잡담 도중에 나온, 중환자실에 누워 있다는 누군가의 이야기. "지금 산소호흡기 뗄지 말지 한다던데요." "어머 어떡해." 그리고 끝이었다.

갈비 냄새를 풍기며 돌아오는 길에 비로소 그 말은 무겁게 웅웅거렸다. "지금 산소호흡기 뗄지 말지 한다던데요."

산소호흡기를 떼고 있는 그를 상상했다. 산소호흡기를 뗀 후 세상에서 그가 사라지는 것에 대해 상상했다. 사실 내가 아주 쉽고 기초적인 것도 몰라서 헤맬 때 그는 항상 친절하게, 마음을 다해 알려주었다. 내가 무슨 말을 하든 귀담아들어주었고, 신중한 의견을 덧붙여서 해결점을 찾도록 도와주었다. 어떤 일로 걱정을 잔뜩 짊어지고 있던 밤 열두시 휴게실에 같이 앉아 내 걱정을 다 들어주고, 나는 매우 괜찮으며 앞으로도 절대로 괜찮을 것이고, 혹시 괜찮지 않을 경우에는 자신이 최선을 다해 도와줄 것이니 걱정하지 않아도 된다고 말해주었다. 그런 사람이었는데. 에가오 카페에서 자두 주스를 마신 것, 기억나요? 너무 좁은 테이블, 당신의 무릎에 나의 무릎이 닿았었는데.

그때 괜찮다고 했었잖아요.

나는 눈물이 났다. 왜 세상은 계속 괜찮을 수가 없을까? 나는 아직도 해답을 찾지 못하고 세상에 적응을 못하는 스무 살의 심정이 되어 눈물을 닦으며 걸었다.

나는 아직도 이것저것 두렵고 고민이 많단 말이에요. 당신은 나보다 어렸지만 항상 나를 가르쳐줬고, 나한테 항상 괜찮다고 해줬잖아요.

다시 한번 나에게 괜찮다고 말해줘요.

— SK커뮤니케이션즈에서 함께 근무했던 故 계지은 과장님을 기억하며

바다

어느 날 나는 불을 끄고 잠자리에 들어 천장을 향해 똑바로 누워 눈을 감았다. 잠시 후 나의 귀에서는 소라 껍데기를 갖다 댄 것 같은 소리가 나고 나의 코에서는 어렴풋한 바닷물 냄새가 느껴졌다. 눈물이 얼굴 옆선을 타고 내려와 귓바퀴를 감싼 뒤 안쪽으로 흐르고 있었기 때문이다. 나는 바닷속에서 울고 있었다.

강정

강정에 간다. 바다와 귤밭과 시골길 너머, 갑작스레 손으로 쓴 구호와 경찰을 맞닥뜨린다. 길 한켠에서는 길 위의 신부라고 불리는 이들이 천막을 치고 미사를 집전하고 있다. 다리도 쉴 겸 천막 귀퉁이에 엉거주춤 머무르다 다시 걸었다. 몇 걸음 못 가 해군기지 공사장 정문이 나온다. 정문 앞 땡볕 아래 사제들이 의자를 갖다 놓고 앉아 있다. 차량을 통과시키기 위해 경찰들이 사제가 앉은 의자를 번쩍 들어 정문 밖으로 갖다놓으면, 사제는 다시 의자를 들고 와서 앉기를 반복한다. 해군기지를 반대하는 사람들도 공사장 앞에 손을 잡고 서 있다. 공사 차량이 쉴새없이 드나들 때마다 사제의 의자는 들어올려지고, 형법 136조에 의거해 공무집행방해로 체포할 수 있다는 경찰의 말이 울려퍼지는 가운데 손을 잡은 이들의 인간 띠가 끊어지면, 비로소 차량은 사람들 사이로 나가거나 들어온다. 내가 바라보던 그 짧은 시간 동안에도 의자 들어 옮기기와 인간띠 잇기와 경찰의 해산 방송은 끊임없이 되풀이되었다.

공사장 입구를 지나쳐 포구로 걸었다. 바다에는 이미 거대한 도크가 떠 있다. 끊임없이 공사 소음이 울려퍼지는 해변에 면한 펜션들이 처량하다. 듣도 보도 못한 시골 마을까지 개발 열풍이 부는, 소위 요즘 뜨는 곳이라는 제주도에서, 유일하게 어떠한 관광객도 눈에 띄지 않는 곳을 두리번거린다. 사람이 없는 게 당연하다. 이곳은 즐겁지 않으니까, 마음을 무겁게 하니까, 평화를 원했기 때문에 역설적으로 평화롭지 않게 되었으니까. 포구 끝까지 걸어가면 비로소 소음이 옅어지며 아름다운 강정바다가 펼쳐진다. 대평 바다처럼 너른, 남원 바다처럼 평온한, 그러나 사실은 어디와도 닮지 않은, 관광객의 발걸음이 끊긴 강정바다를 혼자 바라본다.

하루도 빠짐없이 길바닥에서 미사를 보고, 하루에도 수백 번씩 인간띠를 잇고 끊임없이 의자가 들어올려져도 멈추지 않는 사람들이 있다. 레미콘이 들어올 때마다 아스팔트 위에 엎드려 절을 해서 단 몇 분이라도 레미콘을 멈추는 사람들이 있다. 그 지난한 일이 십 년 가까이 계속되고 있다. 제주도의 다른 마을 못지않게 아름다운 강정의 이곳저곳이, 이 싸움에 가려 보이지 않게 되어서 안타깝다고 생각했다. 그러다가 문득 마을 어귀의 나무판자에 적힌 말을 기억했다. '양심은 본질적으로 개인의 것. 고독하고 두려운 것. 상식이나 다수와는 늘 긴장관계일 수밖에 없는……. 개인으로 서지 못하고 집단에 소속된 사람에게 불행히도 양심이 설 자리는 없다.'

인간을 인간으로 만드는 것이 양심의 존재라면, 강정은 제주도를 제주도로 만들고 있는 것 아닐까. 신념을 가진 사람들이 있는 섬, 물질주의와 적당주의와 시니컬한 포기에 익숙한 사람들의 양심을 깨우는 섬, 고독과 두려움에 맞닥뜨리게 하는 섬, 그래서 마음을 불편하게 하는 섬. 강정은 제주도를 단지 관광객을 위한 섬이 아니라 제주도라는 섬 자체로 똑바로 서 있게 만들고 있다. 고독과 두려움에 맞선 저 싸움 역시 제주도의 일부다. 제주도의 아름다움을 가리는 게 아니라, 제주도를 제주도답게 만드는 양심이다.

아무도 없는 강정바다를 바라보며 나에게 묻는다. 너는 지금 눈 감고 있지 않는가. 너는 고독과 두려움을 맞닥뜨려보았는가. 너의 삶은 평화로 위장한 나태한 순간의 연속이지 않았는가. 너는 저 고독과 두려움 앞에서, 어떻게 살고 있는가.

받아쓰기

평소에 나는 좋아하는 책은 뭐든지 갖고 있고, 내가 원할 때면 언제든지 혼자만의 시간을 누리면서 방해받지 않을 수 있는 나만의 공간도 있다. 그러나 평소의 나는 내가 있는 장소와 시간을 새삼스레 둘러보거나, 책 속의 좋은 구절을 시간을 들여 노트에 옮기거나, 나라는 사람을 문득 들여다보는 일을 하지 않는다. 그러나 여행을 간다면 이야기가 다르다.

제주 시내에 위치한 작은 게스트하우스. 아주 작은 볼륨의 음악이 흐르는 거실, 감색 플레이칼라 펜이 종이를 긁는 소리가 들릴 만큼 조용하다. 나는 마음에 드는 책을 꺼내어 무릎담요를 덮고 앉은 뒤 수첩을 펼치고 책 속의 문장을 옮겨 적는다.

이 책 읽어보세요. 게스트하우스 주인인지 스태프인지 모르겠지만, 재킷을 단정히 입은 젊은 남자가 자신이 좋아한다는 책을 건넨다. 여행에 대한 좋은 글귀가 있어요, 아마 이 노트에 써두었을 거예요. 그가 테이블 위 두툼한 검정 노트 한 권을 내 쪽으로 밀어준다. 비닐 커버가 다 닳은, 결코 얇지 않은 노트 안에, 이런저런 책에서 베껴둔 문장들이 빼곡하다. 주인을 닮아 단정하게 정성 들인 글씨를 하나하나 짚어본다. 책으로 읽었다면 지나쳤을지 모를 글자들이, 한 사람의 손끝을 거친 후에는 쉽게 지나칠 수 없는 정거장이 되어 마음을 붙든다.

이런 시간이 나는 좋다. 아마 내가 혼자 하는 여행을 사랑하는

이유도 이런 시간을 얻기 위해서가 아닐까. 시간을 조용히 들여다
볼 수 있는 시간, 시간을 들여 문장을, 삶을, 나를 받아쓰는 시간.
특별히 뭔가를 생각해내거나 느끼려 애쓰지 않아도 된다. 나는 단
지 받아쓰기만 하면 되니까.

그가 노트에 받아쓴 문장을 수첩에 옮겨 적으며 나는 그 문장을
처음 쓴 이의 마음과 소망을 되새긴다.

'새해에는 더도 말고 덜도 말고 손가락 하나만 움직이게 하소서.'

전신마비 구족화가이자 시인인 이상열의 시 「새해소망」을, 장영
희 교수가 그의 책 『내 생애 단 한 번』에서 받아썼고, 그 책을 좋
아하는 레인보우 게스트하우스의 한 남자가 자신의 노트에 받아쓰
고, 노트를 펼친 내가 수첩에 받아쓰고 있다. 그리고 이 받아쓰기
를 누군가가 받아쓴다면, 언젠가는.

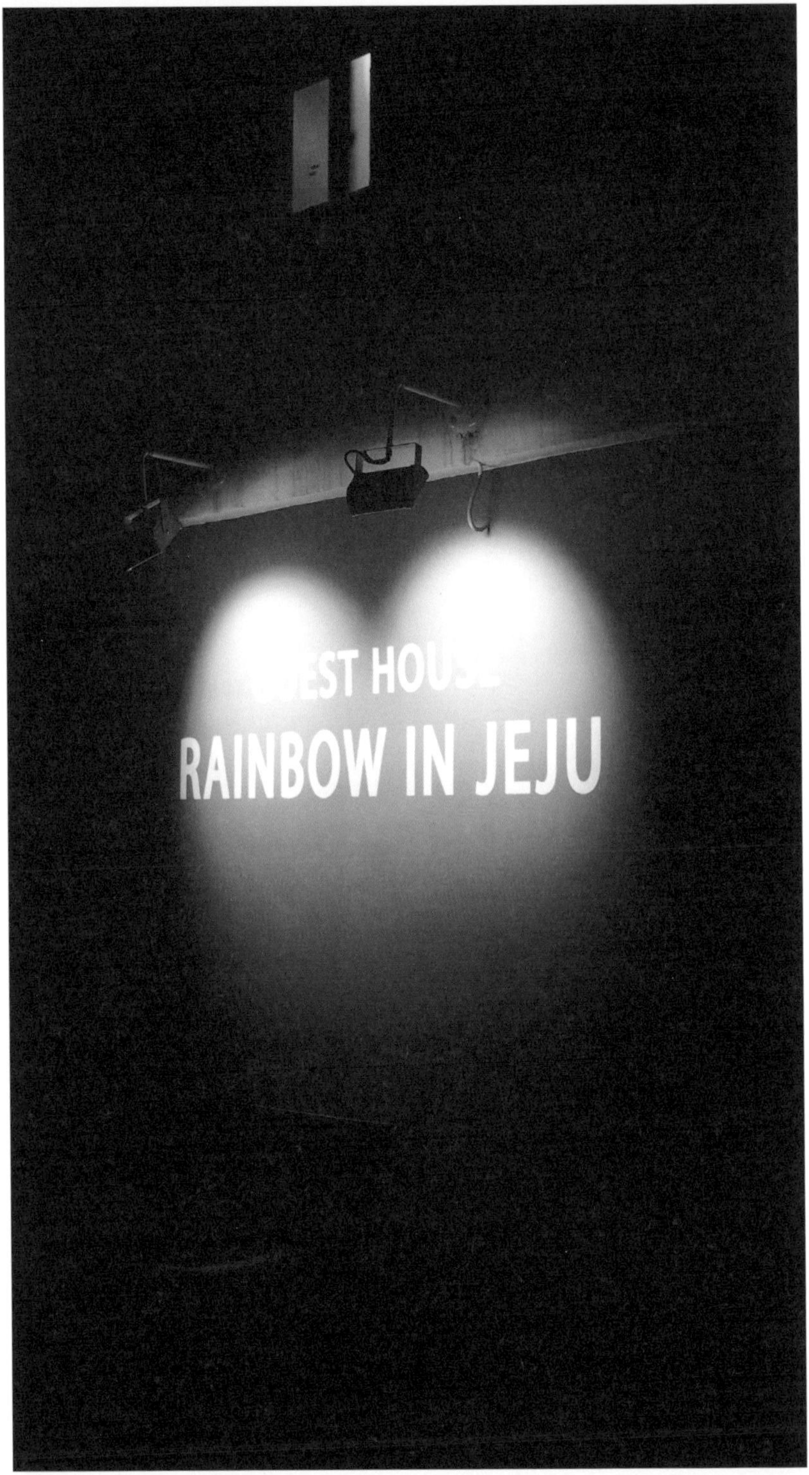
RAINBOW IN JEJU

그날

그날 우리는 아주 일찍 일어났다. 일출봉에서 일출을 보기로 했으니까. 해가 뜨기 직전의 시간, 차는 오 분 만에 일출봉 매표소에 닿았다. 카스텔라처럼 폭신한 빵 안에 계란이 쏙 들어간 계란빵을 달게 먹고, 따뜻한 꿀물 꼬마병을 주머니에 넣었다. 정상에 닿았을 때 해는 이미 떠오른 후였지만 아직 새벽처럼 부스스했다. "해맞이 자세 하자!" 엉덩이와 한 다리를 뒤로 빼고 한 다리는 구부린 채, 합장한 손을 드높인 요가 자세를 하며 우리는 제일 신이 났다.

일출봉에서 내려오자마자 우도 가는 배를 탔다. 그날은 유달리 볕이 좋았고, 그런 날은 으레 그렇듯이, 우도는 눈이 휘둥그레질 정도로 멋졌다. 고등어구이 백반으로 아침을 먹으며 식당 주인과 이야기를 나누었다. 그는 경기도 출신으로 우도에 온 지는 13년째라고 했다. "사람들이 일부러 돈 들이고 시간 들여서 찾아오는 좋은 경치를 매일 보니 얼마나 좋으세요." 말을 건넸다. "좋아하는 사람이나 좋다 그러지, 휙 둘러보고 볼 거 없다 하는 사람도 많아요. 그리고 이렇게 관광객 늘어난 지 오륙 년밖에 안 됐어요. 이렇게 확 뜬 관광지는 사람 또 확 없어지니까요." 그는 그저 담담했다.

섬을 나와 복자씨네 연탄구이에서 점심을 먹고 산굼부리에 갔다. 입장료를 육천 원이나 내면서 내심 기대를 했는데, 생각보다 감흥이 없었다. 가을에 억새 있을 때는 더 좋으려나, 흐려서 별로인 것일까. 미적지근하게 산굼부리를 떠나 동문시장에 들렀다. "이 떡,

산굼부리보다 싼데 맛있네." "이 통닭, 산굼부리보다 비싼데 괜찮겠어?" 우리는 모든 물건의 가격과 가치를 산굼부리 입장료에 빗대며 낄낄거렸다.

난감한 순간을 웃음으로 넘길 수 있는 사람과 함께할 때, 마음이 풍요로워지고 시간은 빛났다. 뭔지도 모르고 무작정 달려가던 순간, 차분한 한마디에 삶이 담백해졌다. 늘 똑같은 곳이어도 계란빵을 먹거나 요가를 하면서 하루하루를 다른 색으로 칠했다. 어떤 날과도 바꾸고 싶지 않은 그날, 그날들, 그날들의 나, 그날들의 내가 살았던 그 짧은 생을 기록하는 일이 좋다.

정착

언제부터인지 도시인의 로망이 되어버린 제주는, 그 이름을 '이민'이
나 '귀촌'으로 바꾸고 시대 배경만 바꿔도 될 것 같아진 제주는, 하
루가 다르게 올라가는 땅값과 건물들 사이에서 그래도 고요한 표
정을 간직하고 있는 제주는, 역시나 평범한 도시인인 내 마음을 빼
앗아간 제주는, 내가 언젠가 '나 왠지 나중에 이 건물 살 것 같다'
면서 예언하듯 사진 찍어둔 장소를 간직한 제주는, 물론 나의 통장
잔고는 허황된 꿈을 접게 했지만 그래도, 제주는 제주니까, 앞으로
도 얼마나 많은 이들의 위안이 되어줄까.

서귀포시 표선면 삼달리

벚꽃중

그 밤, 곰씨비씨 게스트하우스에 있었다. 많은 게스트하우스 중에서도 특별히 좋아하는 곳. 침대 대신 이불이 깔린 텅 빈 방에서 여행의 날들을 생각했다. 방금 전까지 곰씨비씨 카페에서 벚꽃 아이스티를 마셨다. 아이스티에서는 진짜 벚꽃 냄새가 났다. 아이스티를 타주는 주인에게서도, 아이스티를 마신 나에게서도 벚꽃 냄새가 났다.

고통 없는 삶을 살아왔다고 생각했다. 그래서일까. 최대한 많은 곳을 걷고 싶었다. 밑창이 얇은 반스 운동화는 걸을 때 충격을 흡수하지 못해서, 하루 일과를 마치면 발바닥이 아팠다. 밑창이 두꺼운 신발을 신어야지. 거듭 생각하면서도 습관처럼 반스를 꺼내 신고 제주에 왔다.

제주에서 나는 걷는 것을 좋아하게 됐다. 그리고 또한 이런 것들을 알았다 : 비는 갑자기 온다, 마치 나처럼. 느려도 된다, 어디든 도착한다. 오늘 같은 날은 없다, 일생에 오늘은 하루뿐이다.

그 밤, 벚꽃 아이스티를 마신 입안에서 벚꽃 냄새가 계속 났다. 그도 그럴 것이, 인생이 벚나무라면 나는 지금 벚꽃중이었다.

표지판

나는 제주에서 표지판이 제일 좋았어요. 서귀포 몇 킬로미터, 성산 몇 킬로미터, 이렇게 적힌 도로 표지판이요. 그 표지판을 보면 내가 진짜 제주에 와 있다는 생각에 두근거려요. 관광지 이름 표지판은 그다지 흥미가 없어요. 그건 이미 정해진 것이니까요. 도로 표지판은 목적지에 도달하기 전, 이쪽으로 가면 드디어 내가 찾는 제주가 있을 것 같은 느낌이라서. 이미 정해진 것은 재미없으니까. 그러고 보면 여행하는 사람들은 조금은 그런 사람들일 것 같네요.

◀️ 서귀포시 법환동

일흔 살 배낭여행

완벽에 가까운 봄 날씨, 따뜻한 기운에 코를 킁킁대며 신나게 올레 8코스를 걸었다. 주상절리 가기 전 바다가 보이는 계단에 잠깐 앉아서 연양갱을 먹는데, 한 무리의 아주머니들이 쉬고 있다. 서로 사진을 찍어주기도 하고, 바다를 바라보기도 한다. 그들은 관광지 표지가 붙어 있지 않은 장소에 있는 것을 조금 낯설어하는 듯했지만 곧 활기를 찾았다. "그래, 꼭 주상절리니 중문이니 찾아가야 맛인가? 이런 게 여행이지 뭐. 이렇게 지나가다 바다도 보고, 앉아도 있는 거 말이야." "우리 커피 배달 시킬까?" "여기서 바다 보면서 운동 좀 해야겠다." 그들을 바라보다가 갑자기 나의 인생 목표를 정했다. 일흔 살에 낯선 곳에 가는 거다. 그래서 약간 어리둥절해서 두리번거리는 거다. 그리고 말하는 거다. "이런 게 여행이지 뭐." 일흔 살 배낭여행. 수첩에 적으면서 미소를 지었다. 정말 일흔 살에 배낭을 메고 걸을 수 있다면. 이런 게 여행이지 뭐, 라고 말할 수 있다면. 그때까지 연양갱이 판매된다면, 꼭 연양갱을 사 먹으면서 다시 한번 말해보고 싶다. 이런 게 여행이지 뭐.

돌아봄

서귀포 근처에 약천사라는 절이 있다. 법당 댓돌에 올라서면 바다가 보인다.

템플스테이 참가자는 나뿐이었다. 금세 심심해서, 종단 사무실을 찾아가 이것저것 물어봐댔다. 이따 서귀 시내에서 봉축 점등식을 하니 스님들과 구경을 갈 수 있다, 추우니 이 바람막이를 입고 가라, 괜찮다면 이 책을 빌려주겠다며 이것저것 마음을 써준다. 빌린 잠바를 입고 점등식에 갔다. 엄청난 기세의 바람에 모든 사람이 오들오들 떨고, 축사를 짧게 할수록 큰 박수를 받았다. 맵찬 꽃샘추위를 구경하고 돌아온 승방은 아늑했다. 사무실 사람이 건네준 책을 읽다가 잠이 들었다.

새벽 네시 반, 절 전체가 조명을 받아 희게 빛났다. 약천사 특유의 방정맞고 스케일이 큰 조명과 색채를 늘 탐탁하지 않게 생각해왔는데, 새벽의 흰빛은 신비롭고 엄숙했다. 옷깃을 여미고 조심스럽게 법당에 발을 디뎠다. 신도들과 함께 108배를 하다가, 새벽 공기를 가르는 죽비 소리에 눈을 감았다.

약천사에 오기 전에는 친구들과 있었다. 녹산로를 드라이브하며 짧은 동영상을 찍었다. 유채와 벚꽃이 가득한 길에 젊은 우리의 목소리가 녹음됐다. 나는 자꾸 미래에서 온 듯 그렇게 그 목소리를 들었다. 미래에서 과거를 회상하듯 현재를 사는 일은, 지금의 시간에 감상적인 색을 입힌다. 그건 쓸쓸하지만 멋진 일이다. 드라이브 전에는 뭘 했더라, 우린 어딜 갔더라. 예불을 마친 이른 새벽, 이불 속을 뒤척이며 바로 전의 날들을 어렴풋이 더듬었다. 퇴근하자마자 밤을 뚫고 달려 도착한 성산의 민박집에 먹을 것이 없어서, 핫바 하나를 세 명이 한입씩 돌아가며 베어 물었다. 낡은 카페에서 버터 차와 티베트 빵을 먹었다. 좁은 방에서 포도맛 젤리를 안주 삼아 맥주를 마시며 끝없이 이야기했다. 불과 하루이틀 전의 일들이 아득하게 밀려왔다. 그건 정말 단 하루의 일이었지. 우리는 다시는 그렇게 아름다운 길을 그렇게 아름다운 날씨에 드라이브할 수 없을 거고, 그렇게 맛있게 핫바를 나누어 먹을 수 없을 거고, 그렇게 끝없이 이야기하지 못할 거야. 그건 정말로 단 하루 사이에 일어난 일이었어. 나는 내가 늙은 뒤 이 순간의 나를 얼마나 부러워할지 생각하며 벌써부터 질투로 가슴이 아려오는 것을 느꼈다. 나는 젊었고 여행중이었지. 나는 다시 돌아오지 않는 시간들을 건너고 있었어. 새벽 네시 반에 고요한 법당이 있었고, 법당 댓돌에 올라서면 바다가 보였지. 거기 운동화를 구겨 신고 바다를 바라보던 내가 있었다고.

별

당신과 함께한 이 건조한 추위, 바람의 냄새, 언 공기의 감
촉, 피로의 무게,

모두 기억이 되어라.

당신을 떠올리면 마침내 나타나라.

그래서 날카롭게 패던 당신의 볼우물, 유난히 갸름하던 손이 모
조리 생각나라.

당신의 어깨에 기대던 나의 머리의 둥그런 형상,

당신의 머리칼을 쓸어주던 나의 마른 손이,

어쩔 수 없이 떠올라라.

당신이 좋아하던 그 노래가, 당신이 나에게 처음으로 건네준 선
물 상자가,

영원히 내게 머물러라.

내가 당신을 다 잊은 뒤에도

그 겨울과, 그 피로와, 그 그림자가

행성의 궤도처럼 나타났다 사라지며

가끔 내 머리 위에 머물거나 꼬리를 끌며 떨어지거나

다시는 나타나지 않을

지평선으로 삼켜져라.

제주에서 가장 유명한 유채뿐 아니라, 1월 동백, 2월 매화, 4월 벚꽃, 7월 수국, 가을의 억새와 겨울의 노란 귤까지, 제주에서 계절을 보는 일은 곧 꽃과 나무를 좇는 일이다. 나무처럼 살고 싶다고 생각했다. '모진 비바람에도 유혹에도 흔들림 없는' 〈바위처럼〉이라는 노래도 있지만, 바위까진 못 되어도 꽃도 피우고 열매도 맺고 비바람엔 뒤척이는 나무도 괜찮을 것 같다. '나무처럼 살아가보자. 어떤 유혹에도 적당히 흔들리는 나무처럼 살자꾸나.' 계절마다 유혹당하며, 계절을 꽃으로 앓으며 살아가자. 나무처럼.

서귀포시 남원읍

걷고 술 마시고 노래하고

제주의 바다, 숲, 산, 섬은 아름답지만 제주가 아닌 다른 곳에도 바다, 숲, 산, 섬은 있다. 그러나 곶자왈은 오직 제주에만 있다. 수십 겹의 용암층과 중산간의 숲이 만나, 나무뿌리와 돌이, 남방한계식물과 북방한계식물이, 동물과 인간이 공존할 수 있도록 만든 신비로운 순환. 사람들이 제주에서 편안함을 느끼고 위안을 받는 건 이러한 곶자왈의 기운 때문인지도 모른다.

교래자연휴양림에서 큰지그리오름까지 오르는 왕복 7킬로미터의 숲길을 걸었다. 눈부신 햇빛이 가느다란 나뭇가지를 통과해서 겹겹이 그림자를 만든다. 곳곳에 집터며 가마터처럼 사람이 살았던 흔적이 보존돼 있다. 얇은 운동화 바닥으로 전해지는 길은 거칠고, 나무는 완고하게 우거져 있다. 그래, 이런 숲에서 살아갔다는 말이지.

숲을 다 돌고 평원을 지나 제법 가파른 오름을 오를 동안, 몇 번이나 버리고 싶은 충동을 다스리며 끝끝내 주머니에 넣어 들고 온 캔맥주를 꺼냈다. 큰지그리오름 정상, 강한 햇빛을 피해 외투를 뒤집어쓰고 주저앉아 맥주를 들이켜는 순간, 갑자기 엉덩이를 두들기며 스스로를 칭찬해주고 싶어졌다. 오비맥주주식회사는 행복을 만드는 곳이구나. 초코파이 한입에 맥주 한 모금, 영원히 잊고 싶지 않은 행복의 맛을 음미한다.

사실은 올라오면서 몇몇 등산하는 사람들을 만났다. 그때마다 "혼자 왔네요." "혼자 올라가려고?" 같은 말을 들었지만, 혼자인 이 순간이 좋았다. 나는 내려오면서 몇 곡이나 큰 소리로 노래를 불렀으니까. "I love coffee I love tea, I love the Java Jive and it loves me. Coffee and tea and the java and me. A cup, a cup, a cup, a cup, a cup, boy!" 걷고 술 마시고 노래했다. 이 숲에 살던 옛날 사람들도 나와 다를 바 없었을지 모른다. 걷고 술 마시고 노래하고. 그게 숲에서 제일 좋은 일이니까.

내가 사랑한 바다

제주에 아름다운 해변이야 차고 넘치겠지만, 내가 가장 좋아하는 바다는 김녕이다. 아마 처음 김녕바다를 보았을 때를 잊지 못하기 때문이 아닐까 싶다. 그런 파란색이 펼쳐져 있는 광경을 나는 처음 보았다. 월정에서 김녕까지 걷는 길을 따라 김녕성세기해변에 이르면 틸블루의 바다에 압도당한다. 김녕성세기해변 옆에 다래향이라는 중국집이 있는데, 그 앞에 '추락주의' 표시가 붙은 방파제를 따라 등대 쪽으로 걸으면 또 깜짝 놀랄 풍경이 펼쳐진다. 왼쪽은 감색, 오른쪽은 에메랄드색, 완전히 다른 두 가지 색의 바다가 발아래에 펼쳐진다. 이거 참, '이거 참'이라고밖에 할 수 없는 바다다.

올레길 20코스 끝에서 출발하여 시작 지점까지 당도하면, 공터와 함께 펼쳐진 바다가 있다. 이 바다 역시 '이거 참'의 분류에 속하는 바다다. 결코 예쁜 바다는 아니다. 감색에 가깝지만 뭐라고 단정지을 수 없는 빛깔의 물이 넘실거리고, 검은 돌과 녹색 해초, 흰 포말과 흰 새들이 바다를 채운다. 바람은 거세지만 돌에 부딪힌 물은 고작 잘박거리고, 먼 데서 불어온 파도가 짐짓 뒤척이면, 바다는 어느새 소리들로 가득찬다. 뭐라고 이름 붙여야 할지 모르겠는 이 이상한 바다를 보면서 이것이 내가 사랑했던 바다였음을 깨닫는다. 눈이 부신 물빛이 없어도, 거센 바람이 불어도, 나는 항상 이 형용할 수 없는 풍경이 좋았다. 내가 가장 사랑한 바다.

봄

늘 곁에 두고 지칠 때마다 안아보는 오래된 곰인형처럼, 항상 마음속에 두고 가끔씩 걸어갔다. 그곳은 바다마저도 붉은 동백 같거나, 혹은 동백 가지에 날씬하게 앉은 검은 새 같다. 검은 돌에 부서지는 물의 반짝임이 소박하고 순정하다. 억센 바닷새가 아닌 꾀꼬리처럼 예쁜 새가 날아다닌다. 파도가 쳐도 위협적이지 않고 따사로워 보인다.

'우리나라에서 가장 아름다운 바다 산책로 중 하나인 이곳은 데이트 코스로도 유명하다.' 안내판에 적힌 글을 읽는다. 정말 그렇다. 겨울에 와도 항상 봄 같았던 건, 한국에서 가장 온난한 기후 탓만은 아니었다. 남원은 사랑하는 사람들의 마을이고 큰엉은 사랑하는 사람들의 바다니까. 한줌의 햇살과 하루의 평화 속에서, 곁에 있는 사람이 누구라도 바라보며 웃게 됐다. 서로를 담은 두 눈 속에, 가만히 팬 볼우물 속에, 바람에 날리는 옅은 머리칼 속에서 나는 늘 갑작스럽게 봄이었다. 사랑할 때 우리는 겨울이어도 봄이다.

표선해변

흐린 날 표선해변에 간다. 하늘과 바다와 모래의 경계가 흐려진, 색깔이 빠진 것 같은 바다를 걷는다. 강아지가 모래밭에서 뛰어 놀고, 양말을 신은 소녀들이 바다에 발을 적신다.

해수욕장 끝에 있는 나무계단에 앉았다. 단박에 행복과 기쁨을 주는 세상의 모든 해변이 사라진다 해도, 표선해변만은 내 마음에 영원히 남아 있을 거라고 생각했다. 환한 미소와 씩씩한 말이 다 사라진 후에 남는 나라는 사람 같아서, 연극이 끝나고 모두 돌아간 뒤 텅 빈 무대에서 독백하는 마지막 문장 같아서, 그런 바다여서.

강아지도 소녀들도 사라진 오후 여섯시, 빠르게 물이 차오르며 모래 발자국을 다 지웠다. 내가 웃고 있지 않아도 나를 토닥여주는 것 같은 표선바다가 참 좋았다. 나는 좀 막막하고 부족한 사람을 좋아하니까. 있는 듯 없는 듯한 사람이 되고 싶으니까. 비 오기 전 날의 흐리고 부드러운 날씨이고 싶으니까. 너무 밝고 명랑한 건 때로는 결례니까.

사치

소규모의 게스트하우스나 민박에서 묵는 것을 좋아한다. 누군가의 집만큼 흥미로운 장소는 드물지만, 여간 친하지 않고서야 사적인 공간에 발 들이기는 쉽지 않으므로 한 사람의 분위기를 살며시 느끼기엔 이런 숙소가 제일 좋은 것 같다. 이런 가구, 이런 조명, 이런 책을 선택했구나. 그저 가만가만 들여다본다.

삼달리의 민박, 코토우라에 들른 날도 그랬다. 부드러운 타월지의 베갯잇, 맨 살갗에 닿을 때 기분좋은 침구를 쓰는구나. 건식 화장실과 분리된 욕실엔 일본식으로 나무문을 달았구나. 수건은 감색이네. 다다미 위에 달린 큰 조명등이 멋있어. 그런 것들을 하나하나 엿보고 있었다. 일본인 부인과 한국인 남편이 직접 지은 일본식 집이라는 게 내가 이 민박에 대해 아는 전부였다. 1층에는 손님 방들이 있고, 2층은 주인 가족의 공간이다. 다다미 안에 발을 넣고 둘러보다 주인에게 말을 걸었다. "여기는 천장이 뚫려 있네요. 2층의 면적을 잡아먹네요." 아무래도 아까부터 신기했던 터였다. 1층 천장 중간이 2층까지 뚫려 있어서 층고가 한 부분만 불쑥 높았다. 일견 탁 트여 보이긴 했지만, 2층 공간은 뚫린 천장만큼 못 쓰게 될 터였다.

머리를 빡빡 민, 아마 젊겠지만 그래도 나이를 가늠하기 좀 어려운 주인 남자가 힐끗 천장을 올려다보았다. "네, 천장이 뚫려 있어요. 천장을 뚫어서 2층을 잡아먹어요. 거실이나 방 하나쯤 나올 공간을 쓸모없이?" 그는 '쓸모없이?'라는 단어에 이르러서는 정말로 물음표를 붙인 것처럼 말했다. "그렇지요, 쓸모없이, 버리는 거지요. 게다가 겨울엔 춥고 난방비도 많이 들어요. 그렇다고 여름에 딱히 시원하지도 않아요. 에어컨은 여전히 필요하거든요. 하지만," 그는 느리게 말했고, '하지만'이라는 단어 뒤에는 조금 더 천천히 간격을 두었다. "예쁘잖아요?" "네, 예뻐요. 아주 인상적이에요. 여기 처음 들어왔을 때부터 천장이 뚫려 있어서 특이하다고 생각했어요." 내가 말했다. "네, 맞아요. 천장이 뚫려 있어서 쓸데없는 공간이 될 수도 있지만, 우리집에서 가장 인상적인 공간이 되었어요. 높은 구두도 실용적이지 않지만, 예뻐 보이려고 신는 거죠. 이 공간도 실용적이지 않지만, 아름답고 인상적이죠." 그가 천장을 바라보며 천천히 말했다. 그의 부인이 옆에서 거든다. "그리고 무엇보다, 재미있잖아요." 그의 말에 우리가 모두 웃었다.

처음 방을 안내받은 뒤 종이를 바른 미닫이문을 열고 들어서면, 반듯이 개켜진 침구 위에 손으로 쓴 환영 카드와 종이로 접은 학이 놓여 있다. '김현지님. 바쁘신 중에 외진 곳까지 찾아와주셔서 감사합니다. 편히 쉬었다 가세요. 주인 코토우라 모토카.' 실용적인 건 아니지만 어떤 실용적인 물건보다 마음을 움직이는 그 한마디. 그러고 보면 나 역시 쓸데없는 것을 좋아한다. 실용적이거나 편리하다고 해서 감동받지는 않는다. 실용이라는 가치를 포기하고 즐기는 사치에 감동받는다.

언젠가 커피 향이 좋은 달파란 게스트하우스에서 케냐, 이디오피아, 콜롬비아 원두 중 어떤 것을 마시겠냐고 묻기에 "아침에 핸드드

립 커피 주는 숙소는 봤어도 커피콩까지 선택할 수 있는 곳은 처음 봤어요"했더니, 주인이 느긋하게 대답했다. "일종의 사치죠. 눈을 뜨자마자 내가 좋아하는 커피를 고르는 일로 하루를 시작할 수 있는 것. 그런 사치를 부리는 거죠."

좋아하는 것을 위해 실용을 포기하는 사치, 좋아한다는 마음 외에 다른 것이 중요치 않다는 만용. 인생을 이렇게 살 수 있다면. 터무니없이 비실용적으로, 조건 없이 편애하고, 예쁜 것만 골라 디디며, 그렇게 감히 사치스럽게.

미키마우스 모양의 당근을 먹고, 계절을 보며 걷고, 발을 쉬며 종아리를 씻는 일, 아주 단순한 것으로 충만해지는 순간순간을 만난다.

세상이 복잡해져도 본질은 변하지 않는다는 것을 믿는다. 미키마우스 당근을 보면서 "귀엽다!" 활짝 웃어본다. 그 미소 하나로 삶의 속도가 늦춰지고, 느슨해진 간극 사이로 문득 다른 세계의 햇빛이 비추면, 인생의 한 조각이 찬란해진다. 엄청난 것을 보고 겪으려 온 게 아니라, 단지 이 하나를 위해 왔다. 행복한 미소로 이 계절의 제주를 떠나보낸다. 또 만나기를! 나의 미키마우스 여행.

서귀포시 표선면 삼달리, 코토우라 민박

고양이와 구름과 나무와

<u>2014년 3월 28일 금요일 맑음</u>

오후 12시 : 4월 말처럼 덥다. 날씨가 좋으니 올레 3코스를 걷기로 한다. 지금 삼달리니까 신풍리 바다목장을 거쳐 표선해수욕장까지 가면 된다. 마을을 가로지르고 있는데 어떤 할아버지가 내게 휘이휘이 손짓을 한다. "여기 김창수 집이 어디요?" "네?" "창수가 집에 없나? 김창수 집이 어디요?" 얼빠진 표정을 짓고 몰라요, 라고 한 뒤 얼른 내뺀다. 이곳에선 누군가의 이름이 곧 지형물이요 표지판이다. 시골 사람들, 이라 통칭하기엔 그들의 이름이 가진 무게가 자못 크다.

오후 2시 : 바다가 보이는 목장에서 운동화와 양말을 벗고 맨발을 햇빛 아래에 꺼내본다. 가방 속에 들어 있던 연양갱을 아껴 먹고 다시 걷기 시작했다. 파란 리본을 따라가고 있다는 사실을 잠깐 망각하고 귤색 리본을 따라갔다가 다시 파란 리본으로 돌아오느라 소낭밭 숲길을 세 번 정도 왕복했다. 누굴 원망할 수도 없는 바보스러움을 감수하며 끙끙대다가 간신히 숨비 아일랜드라는 카페를 발견했다. "애기 업고 오시는 줄 알았어요." 햇빛을 피하느라 잠바를 쓰개치마처럼 뒤집어쓴 나를 보고 카페 주인이 하는 말에 조금 웃었다.

맥주와 꿀땅콩과 귤 요거트를 먹으며, 시원한 카페 안에 놓인 제주 가이드북들을 뒤적거린다. 아무리 객관적이고 점잖은 가이드북을 봐도 저자의 취향이 슬쩍슬쩍 드러나곤 하는데, 나는 그럴 때마다 좀 재미있다. 『제주도 절대가이드』라는 책을 집어들었다. '솔직히 말하면 성읍 민속마을은 도대체 어디서부터 무엇을 봐야 할지 알 수 없는 곳이다. 주입식 교육의 피해자인 우리는 이런 자율도 높은 관광지에 도무지 적응할 수가 없다.' '탑동 광장에서는 애완견 산책과 자전거 타기, 음식물 섭취, 낚시 행위가 모두 금지되어 있다. 하지만 아무도 이런 경고 문구를 신경쓰지 않는다. 아마 금지한 것을 경험해보며 짜릿함까지 느껴보라는 제주시의 배려인 것 같다.' 그런 문장들에 또 웃었다.

오후 5시 : 표선해비치해변 도착. 하루에 네 번 있는 버스를 놓치고 콜택시를 부른다. 편의점에서 라면을 사느라 택시 기사를 기다리게 해서, 처음부터 좋은 소리 못 듣고 탔다. 자연사랑 갤러리 가주세요, 거기 문 닫았습니다, 아 사실은 타시텔레 게스트하우스 가려고요. 그럼 그렇게 처음부터 얘기를 해야죠, 길이 다른데. 옥신각신한 끝에 풀이 죽어서 창밖만 보고 있으니 기사가 늦었는데 밥은 어떻게 하려고, 묻는다. 그래서 아까 라면 샀어요. 아니 여기까지 와서 라면을 먹으면 되나, 여기는 돼지고기가 유명한데, 가시리에 왔으면 순댓국이나 두루치기를 먹어야 됩니다. 짜증이 누그러든 기사는 이것도 보고 저것도 먹으라며 일러준다.

가 식당에 들어가 순댓국을 먹었다. 보통 순댓국은 명함도 내밀지 못할 녹진한 맛. 아메리카노로 따지면 투샷, 위스키로 따지면 물도 얼음도 없는 스트레이트다. 커피도 안 마시고 양주도 모르는 내가 그런 비유들을 생각하면서 순댓국을 바닥까지 긁어먹었다.

오후 7시 : 침대 머리맡에 종이가 붙어 있다. '툭 내려놔요, 힘들다는 마음을.' 아, 툭 내려놓는 것인가? 별달리 힘든 일도 없으면서 괜히 엄숙한 얼굴로 두리번거리고 있는데 여주인이 부른다. "불 명상 할래요?" 밖에 피워놓은 불 앞에 앉아 있는 게 불 명상이라고 한다. "명상실 가볼래요?" 크고 둥근 천장이 인상적인 공간에서 만다라 색칠을 한다. 십여 년의 세월에 걸쳐 버려진 축사를 게스트하우스로 탈바꿈시킨 주인의 이야기를 듣는다. 다른 사람의 인생 이야기를 듣는 것이 좋다. 즐겁지만은 않다. 한 사람의 인생이 어디 즐거움으로만 가득차 있으랴. 때때로 즐겁고 때때로 슬프며 이윽고 좋다. 나이가 좀 있으니까 이런 것쯤 이해하겠지, 라며 여주인은 여러 가지 솔직한 속내들을 털어놓는다. 나도 과연 나이가 좀 있으니까 이럭저럭 이해해버린다. 그러니까 앞으로 나이를 더 먹으면 때때로 즐겁고 때때로 슬프며 이윽고 좋은 일들이 더 많겠지. 그런 짐작들을 하며 하나하나 손으로 만든 나무침대에 누워 눈을 감는다. 조용한 밤이다.

<u>2014년 3월 29일 토요일 비</u>

오전 8시 : 아침식사 종이 울린다. 바나나와 메이플 시럽을 넣은 수제 요거트, 새콤한 드레싱을 끼얹은 파프리카와 양상추 샐러드, 화덕에서 직접 구운 노릇하고 납작한 빵, 아홉 가지 야채를 넣고 끓인 진한 야채수프를 먹고 따끈한 차를 마신다.

『미애와 루이, 318일간의 버스 여행』을 읽는다. 화로에 땔감을 넣고 나무 냄새를 맡는다. 옅은 색의 잠자는 고양이를 본다. 고양이는 자면서 기지개도 켜고 하품도 했다. 실을 꼬아 팔찌를 만든다. 종일 비가 오고, 평온하다.

오후 4시 : 관광객의 자세로 자연사랑 갤러리를 찾아가보기로 한다. 이제는 폐교된 옛 가시초등학교를 개조해 만들었다. 어른 엉덩이 한쪽이나 걸칠까 싶게 작은 나무책걸상 위로 몇십 년간의 졸업사진이 빼곡히 걸려 있다. 졸업생 명부를 보니 아직도 가시리가 주소인 사람부터 제주시나 서울에 사는 이들까지 다양하다. 갤러리를 만든 사진가는 아직도 이곳에서 마을 사람들의 사진을 찍어준다고 한다. 어디까지가 추억이고 어디까지가 현재일까. 시간이 멈춘 공간에서, 언젠가도 느꼈던 것 같은 운동장 비 냄새를 맡는다.

<u>2014년 3월 30일 일요일 흐림</u>

　오전 10시 : "이런 건 제주에서 바람 부는 축에도 못 낀다고 요." 뭘 좀 안다는 듯 우쭐거리며 앞장서 오르기 시작했는데, 일생 경험한 바람 중에서 가장 거센 바람에 부닥쳤다. 바람에 날아갈지 도 모른다는 표현은 진짜였다. 맞바람에 거의 몸을 가누지 못하고 비틀거리고 있는데, 그가 나의 손을 꽉 잡았다. 그는 나보다 더 체 구가 작은 소녀였지만, 우리가 손을 잡은 순간 놀랍게도 바람은 더 이상 두렵지 않았다. 손을 놓지 않고 오름을 한 발짝씩 올랐다. 따 라비오름은 능선이 여럿이어서, 능선과 능선 사이를 오르락내리락 하며 걸었다. 능선 아래쪽은 거짓말처럼 바람이 느껴지지 않았다. 능선과 능선 사이 바람 없는 곳이 있다고 들었는데, 정말 바람이 하 나도 불지 않네. 안심한 마음으로 머리칼을 틀어올리고 옷깃을 세 우며 다음 능선에서 바람을 맞을 준비를 했다. 그거면 됐다. 바람이 부는 능선, 찰나의 평화, 손을 잡던 순간 너의 체온.

　오후 1시 : 정석비행장에서 가시사거리까지 걸어오는 길은, 실제 로는 차도이지만 아무튼, 이맘때 참 아름답다. 머리 위로 벚꽃, 가 슴께로 유채가 만발한 길을 따라 걷던 중 '부우우우' 소리가 나서 두리번거렸는데, 유채 꿀을 따는 벌들의 소리였다. 따라비에서 조랑 말 체험공원으로 이어지는 쫄븐갑마장길에서도 쉴새없이 '끼익끼 익' 소리가 나기에 이건 또 뭔가 했는데, 바람에 나뭇가지가 흔들리 는 소리였다. 따라비에선 갑자기 맑았다가 갑자기 흐리고 갑자기 안

개가 끼기에 어리둥절했는데, 알고 보니 구름이 바람에 휙휙 날려서 쉴새없이 구름 그림자를 만들었다 개었다 하는 중이었다. 높은 능선에서는 발치가 온통 뿌옇기에 안개에 휩싸인 줄 알았는데, 사실은 내가 구름 한가운데 있는 거였다.

아직도 모르는 것이 너무 많다. 고양이와 구름과 나무와 벌에 대해서, 바람 부는 순간과 비 오는 날에 대해서. 가시리가 알려주었다. 구름은 그림자를 만들고 나무에서는 바람 소리가 나며 벌은 유채 꿀을 딴다고. 바람이 불면 손을 잡으면 되고, 비가 오면 티베트의 잠자는 고양이를 보거나 실팔찌를 만들면 된다고. 비가 오는 건 마음을 '툭' 내려놓으라는 뜻이라고. 내 마음에 비 오는 날, 찾아갈 수 있는 장소 하나쯤 마련해두라고.

나는 그 장소를 찾았다.

손

　　당신은 지금 시장 입구에 서 있다. 아주 가벼운 배낭을 메고, 무릎까지 내려오는 큰 잠바를 입고, 한 손에 휴대폰을 쥐고 있다. 다방과 편의점과 미용실이 있는 중심가 정류장에서 버스를 내렸다. 언젠가 유명하다는 고등어회며 해물짬뽕을 먹으려고 찾아왔던 바로 그곳. 그때 당신은 딴 길만 실컷 헤매다 끝내 코앞의 모슬포항을 찾지 못했었다. 오늘 당신의 걸음은 항구까지 망설임이 없다.

　　사실 당신은 모슬포에 아무 목적도 없이 왔다. 방어축제인 줄도 몰랐는데 시장 입구에 입간판이 휘황하다. 늦은 오후, 축제라는 단어가 무색하도록 쓸쓸한 장터. 좌판을 접던 할망에게 받은 귤을 우물거리며, 구경꾼 없는 노래자랑 트럭에서 노래하는 남자들을 바라보며, 당신은 할 일도 갈 곳도 없이 잠시 망연하다. 축제에 당도하였으나 어떤 축제도 보지 못하는 일……. 어쩌면 당신의 여행이란 언젠가 사라질 풍경 속을 걷고, 문득 내밀한 표정을 만들고, 붙잡을 수 없는 시간을 흘려보내는 것에 불과했다.

　　처음에 당신은 여행의 흥분과 이국적인 풍경을 좋아했다. 이윽고 생의 변두리와 축제의 뒷면, 찬비 내리는 바다, 혼자 먹던 김밥 은박지 같은 것을 사랑했다. 지극히 평범한 순간들과 누구에게도 이해받지 못한 새벽 사이, 당신의 여행은 붙잡히지 않는 얼굴을 힐끗 드러냈다. 몇 개의 단어로 다 설명이 되는 삶이란 얼마나 가벼운가. 당신은 기꺼이 불친절하고 흐릿한 순간들의 포로가 되려 한다.

뜨겁기 위해서 식혀야 하고, 사랑하기 위해서 거리를 두어야 하는 것처럼, 잡기 위해 놓아야 한다는 것을 이제 안다. 당신은 천천히 손을 펼쳤다. 축제는 없었지만, 쇠락한 풍경 안에서 당신의 손은 따뜻했고 당신의 심연은 아늑했다.

너에게

처음 너를 만났을 때 생각지도 못한 행운과 경이로움이 내 앞에 펼쳐졌어. 그렇게 너의 낯선 점들마저 한없이 매력적이어서 너와 함께 종일 보고 듣고 걷고, 너의 작은 미소, 너의 작은 취향 하나까지 전부 마음에 새겨 담고 싶어서, 그렇게 완전히 내 것이 되기를 원했었지.

내 뜻대로 되지 않고 내 마음에 차지 않는 것들이 힘겨워질 때 이젠 지겹다 돌아선 뒤에도 어김없이 나는 네게 되돌아갔어. 언젠가 미칠 듯이 나를 사로잡았던 그 아름다운 순간, 그 특별한 표정, 그 놀라운 숨결들 때문에.

한 번의 연애가 끝날 때마다 나는 한 가지씩을 배웠다. 그것은 나에 관한 것이기도 했고, 너라는 세계에 관한 것이기도 했고, 세계를 대하는 태도에 관한 것이기도 했다. 그래서 너에게 나는 또다시 고맙다고 말한다.

고마워. 배낭을 메고 인사하는 법을 알려줘서. 한순간 모든 것을 잊게 하는 열락의 바다를 내게 줘서. 사소한 고민과 함량 미달의 눈물에 속깊은 위로를 들려줘서. 펼쳐진 녹색과 부드러운 바람 속에 존재하는 신비로움을 보여줘서. 오만한 나에게 가난한 마음을 건네줘서. 혼자 걷던 내게 짧지만 아름다운 인연들을 선물해줘서. 외롭게 해줘서. 외롭지 않게 해줘서. 그런 기억을 간직한 하늘과 바다 그대로, 그렇게 계속 있어줘서.

젊었던 나, 고민했던 나, 사랑했던 나의 순간들을 영원히 봉인한 너에게 말한다.

고마워, 제주도.

우리 제주 가서 살까요
ⓒ 김현지, 2014

초판 1쇄 인쇄 2014년 10월 8일
초판 1쇄 발행 2014년 10월 15일

글·사진 김현지

편   집 김지향 이희숙 편집보조 박선주 모니터링 이희연
디자인 고은이 이정민
마케팅 방미연 정유선 오혜림 온라인마케팅 김희숙 김상만 한수진 이천희
제   작 강신은 김동욱 임현식

펴낸이 이병률
펴낸곳 ⓓ
출판등록 2009년 5월 26일 제406-2009-000034호

주   소 413-120 경기도 파주시 회동길 210
전자우편 dal@munhak.com
페이스북 facebook.com/dalpublishers 트위터 @dalpublishers
전화번호 031-955-2666(편집) 031-955-2688(마케팅) 팩스 031-955-8855

ISBN 978-89-93928-76-1 03810

• 이 도서의 국립중앙도서관 출판예정도서목록(CIP)은 서지정보유통지원시스템 홈페이지
  (http://seoji.nl.go.kr)와 국가자료공동목록시스템(http://www.nl.go.kr/kolisnet)에서
  이용하실 수 있습니다. (CIP제어번호: CIP2014027458)